ভূতের শ্রাদ্ধ

অভিষেক রায় চৌধুরী

বিষয়বস্তু

1

মরে গিয়ে ইস্তক জগা বেজায় সমস্যায় পড়েছে।

সমস্যা অবশ্য শুরুতে ছিল না। বরং বেশ আনন্দই হয়েছিল। ভোরবেলা প্রথমবার নিজের ধোঁয়া ধোঁয়া শরীরটা দেখে নিজেই আঁতকে উঠেছিল একবার, তবে সেইটুকুই। তারপর থেকে মজাই মজা!

জগা মরেছে একদম ভোরবেলায়। মৃত্যুটা হয়েওছে খুব সুন্দরভাবে। কয়েকদিন ধরেই শরীরটা ঠিক জুতের ছিল না। মাঝে মাঝে বুকের বাঁ দিকটায় কেমন ব্যথা ব্যথা করত। সেদিন রাতেও শোবার সময় বুকে বেশ চাপ অনুভব করছিল জগা। কিন্তু পাত্তা দেয়নি। রোজকার নিয়মমাফিক দু গেলাস বাংলা ঢকঢক করে খেয়ে নিশ্চিন্তে শুয়ে পড়েছিল। ঘুম এসেছিল দু মিনিটে। তারপর ঘুমের মধ্যেই কখন পুট করে হার্টফেল হয়ে গেল কে জানে। একদম নির্ভেজাল শান্তিপূর্ণ গঙ্গাপ্রাপ্তি।

জগার তিন কুলে কেউ নেই। তার বাড়ীতেও লোকজনের যাতায়াত নেই বললেই চলে। কাজেই মরার পর তার লাশটা বিছানাতেই পড়ে ছিল। শেষে যখন পচে গন্ধ বেরোতে শুরু করে, সেই গন্ধ পেয়ে লোকজন এসে মৃতদেহ আবিষ্কার করে। কোনো দাবীদার ছিল না বলে ডোম ডেকে লাশটাকে নিয়ে গিয়ে বেওয়ারিশ হিসেবেই দাহ করা হয়।

দাহকার্যের সময় জগা, মানে জগার ভূত, শ্মশানেই ছিল। শরীরটাকে পুড়তে দেখে তার খানিক দুঃখও হচ্ছিল। যদিও একেবারেই লড়ঝড়ে ছিল, তবু নিজের শরীর তো। পাকস্থলীটা বেশ জুতের ছিল। বোতল কে বোতল বাংলা হজম করে ফেলত নিমেষে। আরও কত অখাদ্য কুখাদ্য ম্যানেজ করে ফেলত তার কোনো ইয়ত্তা নেই। চাল চুলো হীন পুরোদস্তুর বাউন্ডুলে জীবন। দয়া করে দুটো খেতে দেবার লোক তো বিশেষ পাওয়া যায় না সংসারে, তাছাড়া জগার মতো অকালকুষ্মাণ্ডকে দয়া করার কোনো যুক্তিও নেই। শুরুর দিকে কেউ কেউ টাকা-পয়সা ধার দিত বটে, কিন্তু অল্পদিনের মধ্যেই গ্রামের সবাই জেনে গেছিল যে জগাকে টাকা ধার দিলে সে টাকা আর ফেরৎ পাবার সম্ভাবনা নেই। কাজেই সেই রাস্তাও বন্ধ হল অচিরেই।

বাধ্য হয়ে অন্যের এঁটো-কাঁটা, ফেলে দেওয়া পচা-ধচা খাবার, এমনকি রাস্তার ডাস্টবিন থেকে কুড়িয়ে খেয়েও একাধিকবার পেট ভরাতে হয়েছে জগাকে।

তিন বছর আগে পর্যন্ত জগার আপনজন বলতে ছিল শুধু তার বাবা বটেশ্বর। ভদ্রলোক রিটায়ার্ড সরকারী চাকুরে ছিলেন, কিছু পেনশন পেতেন। জগার মা মরে গেছিল জগাকে জন্ম দিতে গিয়েই।পরিবার বলতে শুধু তিনি আর জগা। পেনশনের টাকায় কোনওমতে আধপেটা খেয়ে দুটো পেট চলত। আরেকটু ভালোভাবে চলতে পারত, যদি জগার মদের নেশাটা না থাকত। নেশা করার জন্য টাকা সরাতে গিয়ে মাঝে মাঝেই জগা হাতেনাতে ধরা পড়ে যেত। বটেশ্বর তার চোদ্দ গুষ্টি উদ্ধার করতেন, কখনও সখনও দু-চার ঘাও লাগাতেন। কিন্তু তাতে কাজের কাজ কিছুই হত না।

বছর তিনেক আগে সেরকমই একদিন টাকা সরাতে গিয়ে ধরা পড়েছিল জগা। সেই সময় বটেশ্বরের শরীরটা খারাপ যাচ্ছিল, তার ওপর গত দুদিন ভালো করে খাওয়া জোটেনি। ছেলের ওপর বেজায় খাপ্পা হয়ে উত্তেজিতভাবে চিৎকার করতে করতে স্ট্রোক হল। জগা ততক্ষনে টাকা নিয়ে সরে পড়েছে। ঘরের মধ্যেই বটেশ্বর মুখ থুবড়ে পড়ে রইলেন। সন্ধ্যেবেলা টলতে টলতে ফিরে এসে জগা আবিষ্কার করল বাবার ঠান্ডা দেহটা।

বাবা মরে যাওয়ায় পেনশনের টাকাও বন্ধ হয়ে গেল। ক্রমশ আরও খারাপ হয়ে উঠল জগার অবস্থা। শেষ কয়েক মাস তো দু-তিন দিন অন্তর খাবার জুটত। তবে বাংলার নেশাটা জগা ছাড়তে পারেনি। ওটা কোনো না কোনো ভাবে ঠিক জোগাড় হয়ে যেত।

যা হোক, ভূত হয়ে সেসব ব্যাপারের উর্দ্ধে উঠে গেছে জগা। শরীর নেই, ফলে খিদে-তেষ্টাও নেই। নেশা করার ইচ্ছেটা একেবারে মন থেকে মুছে যায়নি যদিও, কিন্তু বেঁচে থাকতে সারাদিন পেটে বাংলা না পড়লে যে একটা পাগল পাগল লাগত, সেরকম কিছু আর হচ্ছে না। সব মিলিয়ে জীবনটা বেশ ভালো হয়ে গেল বলেই মনে হয়েছিল জগার। বেশ মেঘের মতো শরীরটা! যেখানে খুশী ভেসে চলে যাও। প্রথম প্রথম ভেসে বেড়াতে একটু

অসুবিধে হচ্ছিল যদিও। নড়াচড়া করতে গেলেই শরীরের ধোঁয়াগুলো কেমন ছড়িয়ে গিয়ে অস্পষ্ট হয়ে যাচ্ছিল। তো সেটা দিন দুয়েকের অভ্যাসে ঠিক হয়ে গেল। তারপর আর জগাকে পায় কে?

সবচেয়ে মজার ব্যাপার হল কেউ জগাকে দেখতে পাচ্ছে না। ফলে বাধাও দিতে পারছে না। এই যেমন বিবেকবাবুর ফুলের বাগান। গ্রামের সবচেয়ে ধনী লোক বিবেক চৌধুরী। পাটের ব্যবসা করে লাখো লাখো টাকা কামিয়েছেন। এখনও কামাচ্ছেন। তাঁর একমাত্র শখ ফুলের বাগান করা। সংসারে নাকি হেন ফুল নেই যেটা বিবেকবাবুর বাগানে ফোটে না। নিজের হাতে বাগানের প্রত্যেকটা গাছের পরিচর্যা করেন বিবেকবাবু, যদিও পাঁচটা মাইনে করা মালী আছে। আর আছে দামড়া একটা কুকুর আর মুষকো দুটো দারোয়ান। বিবেকবাবুর মর্জি ছাড়া মাছিটিও গলার জো নেই ওই প্রকান্ড বাগানে।

কয়েক মাস আগে একবার জগা পাঁচিল টপকে ওই বাগানে ঢুকেছিল। সতীশ ওঝা তাকে বলেছিল ভালো গোলাপের পাপড়ি দিয়ে কি একটা পাঁচন বানিয়ে দেবে, সেটা খেলে নাকি সে কোনোদিন বুড়ো হবে না। বিবেকবাবুর বাগানের গোলাপ আশেপাশের চার-পাঁচটা গ্রামের মধ্যে সেরা। জগা সেই গোলাপের কয়েকটা ঝরা পাপড়ি কুড়োতেই গেছিল। ফুল ছেঁড়ার কোনো উদ্দেশ্যই ছিল না তার। কিন্তু মাথামোটা দারোয়ান দুটো সে কথা শুনলে তো! তাকে তাড়া করে ধরে কি মারটাই না মারল। গায়ের ব্যাথায় তিনদিন বিছানা ছেড়ে উঠতে পারেনি জগা।

আর এখন?যখন ইচ্ছে ঢুকে পড়ো বাগানে। যত খুশী ঘুরে বেড়াও। কালই তো জগা বিবেকবাবুর বাগানে ঢুকে দারোয়ানদুটোকে খুব করে বক দেখিয়ে এল। ব্যাটারা টেরও পায়নি।

টের পায়নি হারাধন কোবরেজও।

গত বর্ষায় উল্টোপাল্টা কিছু খেয়ে জগার সাংঘাতিক পেট ব্যথা হয়েছিল। রাখালের অষুধের দোকানে গেলে তো পয়সা ছাড়া সুবিধে হবে না। রাখাল যা নয় তাই বলে অপমান করে ভাগিয়ে দেয়। ক্লাস ফোর পর্যন্ত যে গ্রামের স্কুলে এক ক্লাসে পাশাপাশি বসত তারা, সেসব কথা বেমালুম ভুলে গেছে ব্যাটা। স্কুল পাশ করে বাপের ওষুধের দোকানে বসে এখন বেজায় ডাঁট হয়েছে। তাই জগা হারাধন কোবরেজের কাছে অষুধ চাইতে গেছিল। টাকা দিতে পারবে না বলাই বাহুল্য। তাই তার বদলে দিন-দুই বুড়োর ফাইফরমাশ খেটে দিতেও রাজী ছিল সে। কিন্তু ওই খিটকেল বুড়ো যাচ্ছেতাই ভাষায় গালিগালাজ করে তাড়িয়ে দিল তাকে। একটা ওষুধের খালি শিশি ছুঁড়ে পর্যন্ত মেরেছিল, লাগেনি ভাগ্য ভালো! লাগলে আবার কোথাও থেকে পয়সা জোগাড় করতে হত মাথায় ব্যান্ডেজ করার জন্য।

সেই হারাধন কোবরেজ কি এখন জগার টিকিটাও ছুঁতে পারছে? এই তো সেদিন সে বুড়োর বাড়ীতে গিয়ে সারা বাড়ী ঘুরে ঘুরে বেড়াল, বুড়োর পাশে গ্যাঁট হয়ে বসে রইল প্রায় আধ ঘন্টা, তারপর বেশ করে বুড়োকে ভেংচি কেটে চলে এল।

নবীনের মিষ্টির দোকানেও দু-দন্ড তিষ্ঠোনোর জো ছিল না। সেই কবে নবীনের কাছ থেকে দশটা টাকা ধার নিয়েছিল জগা। মুখে বলেছিল ধার, কিন্তু ছোটবেলার বন্ধুর কাছে আবার ধার কি? কিন্তু চশমখোর নবীন সেই টাকাটার জন্য তাকে কি গালমন্দটাই না করত! অমন ফলাও পারিবারিক মিষ্টির দোকানের ব্যবসা, রোজগারের কোনো লেখাজোখা নেই, তাও ওই দশটা টাকার পেছনে পড়ে ছিল ছিনে জোঁকের মতো। জগাকে মিষ্টি-টিষ্টি খাওয়ানো তো দূরে থাক, দোকানের কাছেই ঘেঁষতে দিত না। বলেছিল, ‘‘আগে টাকা ফেরত দিবি, তারপর দোকানে ঢুকবি।’’

এখন জগা যতক্ষন খুশী নবীনের দোকানে বসে থাকে। শুধু বসে থাকে বললে কম বলা হয়, দোকানে রীতিমতো টহলদারী করে। মিষ্টিগুলো খেতে পারেনা, এই যা। পারলে দারুণ হত! নবীন ব্যাটাচ্ছেলে টেরও পেত না কিভাবে পান্তুয়া আর জিলিপি কমে যাচ্ছে। ওই দুটোই জগার ভীষণ প্রিয়।

তবে ভূত হয়ে শুধু মজা করা নয়, গ্রামের অনেক গুহ্য ঘটনাও জগা জেনে গেছে। যেমন বিষ্ণু আর লক্ষ্মীর প্রেম। বিষ্ণু বছর দুই হল গ্রামে এসেছে। তিন কুলে কেউ নেই, পেশায় ফটোগ্রাফার। গ্রামে এসে প্রথম বিবেকবাবুর বাড়ীতে আশ্রয় নিয়েছিল। হাড়কেপ্পন বিবেকবাবু অবশ্য এমনি এমনি আশ্রয় দেননি। দুবেলা দুমুঠো ভাত আর রাতে চাকরবাকরদের সঙ্গে ঘুমোনো - এর বিনিময়ে তিনি ফ্রীতে পরিবারের সকলের প্রচুর ছবি তো তোলাতেনই, উপরন্তু বিষ্ণুকে দিয়ে বাড়ীর অনেক কাজও করিয়ে নিতেন। প্রায় এক বছর বিবেকবাবুর বাড়ীতে ছিল বিষ্ণু। এখন অন্য একটা বাড়ীতে ভাড়া থাকে। রোজগার মোটামুটি মন্দ করে না। শহরে গেলে হয়ত ছবি তুলে আরও বেশী টাকা কামাতে পারত। গ্রামের অনেকেই তাকে শহরে চলে যাবার পরামর্শ দিয়েওছে। কিন্তু শহরে সে যেতে চায় না, গ্রাম নাকি তার ভালো লাগে।

গ্রাম ভালো লাগার অনেক কারণ থাকতে পারে। কিন্তু বিষ্ণুর এই গ্রাম ভালো লাগার আসল কারণটা আর কেউ না জানলেও জগা জানে। সেটা হল বিবেকবাবুর বড়ো মেয়ে লক্ষ্মী। এক বছর বিবেকবাবুর বাড়ীতে বিষ্ণু শুধু ফাইফরমাশই খাটেনি, লুকিয়ে প্রেমও করেছে। আর সেই প্রেমের টানেই এই গ্রাম ছাড়ার কথা ভাবতেও পারেনা সে।

বিবেকবাবু বরাবর বিষ্ণুকে নীচু নজরেই দেখতেন, এখনও দেখেন। বিষ্ণুকে জামাই হিসেবে তিনি কল্পনাও করতে পারেননা, বলাই বাহুল্য। আর গ্রামে তাঁর যে দাপট, তাতে তাঁর মেয়ের সঙ্গে প্রেম-ভালোবাসার কথা জানতে পারলে তিনি জুতিয়ে গ্রামছাড়া করবেন বিষ্ণুকে। তাই বিষ্ণু-লক্ষ্মীর প্রেমের কথা কাকপক্ষীতেও টের পায়নি। তবে সবার অগোচরে প্রেম চলছে জমিয়ে। সেই প্রেমের খবর রাখে একমাত্র জগা।

এছাড়াও আছে অসিতকুমার। চিত্র-মঞ্চ-দূরদর্শনের সাড়াজাগানো অভিনেতা অসিতকুমার। তার আসল নাম যে কি কেউ জানে না। বছর তিনেক আগে এই গ্রামে এসে উদয় হয়েছিল। সুদের কারবারী সত্য মাইতির কোন এক

দূর সম্পর্কের ভাগ্নে। পয়সাওলা বিপত্নীক নিঃসন্তান মামার ঘাড় ভেঙে ভালোই দিন কাটাচ্ছিল। তারপর একদিন সত্য বুড়ো দুম করে মারা গেলেন। তখন জানা গেল, তিনি তাঁর সব সম্পত্তি নাকি এই ভাগ্নের নামে লিখে দিয়ে গেছেন। গ্রামের কেউ কেউ ব্যাপারটার মধ্যে খানিক রহস্যের গন্ধ পেয়েছিল বটে, কিন্তু পাকা দলিলের সামনে কেউ আর মুখ খোলার সাহস পায়নি। সেই থেকে অসিতকুমার রাজার হালে আছে। খায়-দায়, ঘুরে বেড়ায়, মাঝে মাঝে গ্রামের ছেলেপুলে নিয়ে যাত্রা করে, আর সারাক্ষণ সবাইকে ধরে নিজের অভিনয়ের গল্প শোনায়। সে নাকি পঁচিশটা সিনেমায় অভিনয় করেছে, যদিও সেসব সিনেমার নাম কেউ কোনোকালে শোনেনি। কলকাতায় নাকি হেন নায়িকা নেই যার সঙ্গে সে কাজ করেনি। তাকে সিনেমায় নেবার জন্য বম্বে থেকে প্রোডিউসাররা টাকার থলি নিয়ে ছুটে এসেছে বার বার। কিন্তু সে সিনেমা করা ছেড়ে দিয়েছে। এখন তার ইচ্ছে যাত্রা করে গ্রামবাংলার মানুষদের আনন্দ দেওয়া।

তা গ্রামবাংলার মানুষেরা আনন্দ পাচ্ছে বইকি। গ্রামে তো তেমন কোনো বিনোদনের ব্যবস্থা নেই, তাই যাত্রা-টাত্রা হলে সবাই সেটা নিয়ে নেচে ওঠে। শোরগোল পড়ে যায় গোটা গ্রামে। এছাড়াও অসিতকুমার ম্যাজিক জানে। যাত্রার পর সেই মঞ্চে সে ম্যাজিকও দেখায়। সেটা একটা বাড়তি আকর্ষণ।

বেঁচে থাকতে অসিতকুমারের দুখানা যাত্রা দেখেছিল জগা। সিনেমায় অভিনয়-টভিনয়ের গল্পগুলো যে পুরো মনগড়া, সেটা সে তখনই বুঝতে পেরেছিল। আর এখন তো গোটা ব্যাপারটাই জগার জানা। অসিতকুমার আদৌ অভিনেতা নয়। তার মাথাভরা ঘন রেশমের মতো চুল আর গায়ের টকটকে ফর্সা রং - দুটোই ভুয়ো। আদতে সে টেকো আর কালো, সর্বক্ষণ মেকআপ করে থাকে। এই কারণেই সে নিজের বাড়ীর ভেতরে কাউকে ঢুকতে দেয় না। গ্রামের গন্যমান্য কেউ এলে দাওয়ায় চেয়ার পেতে বসায়, নয়তো গেট থেকেই বিদায় করে। এই যে সুদখোর পরেশ পালের সঙ্গে তার এত বন্ধুত্ব, সেই পরেশ পালকেও নিজের বাড়ীর ভেতরে নিয়ে যায়নি একদিনও।

পরেশ পালও আরেকটি ঘোড়েল লোক। সুদের কারবারী, তাই আরেক সুদখোর সতু বুড়োর সঙ্গে বেশ দহরম মহরম ছিল। এখন বুড়োর ভাগ্নের সঙ্গে হয়েছে। তবে তারও একটা লুকোনো জিনিসের কথা কেউ জানে না, অসিতকুমার পর্যন্ত না। সেটা হল তার মাটির তলার টাকা লুকিয়ে রাখার ঘর। বেআইনী পথে পরেশ পাল অনেক টাকা কামিয়েছে - এই সন্দেহ গ্রামের প্রায় সকলেই করে। কিন্তু প্রমাণ পাওয়া যায়নি। কলকাতার আদালতে একবার পরেশ পালের নামে টাকা তছরুপের মামলাও হয়েছিল। পুলিশ গ্রামে এসে পরেশ পালের সারা বাড়ী খুঁজেও কিছু পায়নি। ফলে মামলা জিতে যায় পরেশ পালই।

গ্রামের কেউ যেটা জানেনা, জগা ভূত হয়ে সেটা জানতে পেরেছে। পরেশ পালের বাড়ীতে মাটির তলায় একটা গুপ্ত ঘর আছে। যেটায় ঢোকার পথ তার বাড়ীর কুয়োর ভেতর দিয়ে। কুয়োয় জল রয়েছে বলে কেউ সেটাকে সন্দেহ করেনা। জলের ঠিক ওপরেই কুয়োর গায়ে একটা আলগা পাথর আছে। বাইরে থেকে দেখে বোঝার উপায় নেই, কিন্তু পাথরটাকে ঠেলে সরালে একটা সুড়ঙ্গ পাওয়া যায়। সুড়ঙ্গটা দিয়ে খানিকটা গেলে একটা দরজা পড়বে, যার ওপারে গুপ্ত কক্ষ। মাটির তলায় একটা গোটা ঘর। সেই ঘরে পরেশ পালের কাঁড়ি কাঁড়ি টাকা থরে থরে সাজানো।

টাকার দরকার হলে পরেশ পাল নিশুতি রাতে চোরের মতো ওই ঘর থেকে টাকা বার করে আনে। এক রাতে পরেশ পালের বাগানে ভেসে বেড়াচ্ছিল জগা। মাঝরাতে হঠাৎ পরেশ পালকে ঘর থেকে বেরিয়ে কুয়োয় নামতে দেখে বেজায় অবাক হয়ে তার পিছু নেয়। তারপরেই সত্য উদ্‌ঘাটন।

এভাবেই গ্রামের যাবতীয় হাঁড়ির খবর জানতে পেরেছে জগা। আর যত জেনেছে, ততই ফুর্তি বেড়েছে।

তবে সবকিছুরই শেষ আছে। মাসখানেকের মধ্যে গ্রামের সবকিছুই জানা হয়ে গেল জগার। আর তারপরেই ফুর্তিটা কমে এল আস্তে আস্তে। উদ্দেশ্যহীনভাবে ভেসে বেড়াতে কাঁহাতক ভালো লাগে? বড্ড একঘেয়ে

জীবন। কোনো রোমাঞ্চ নেই, উদ্বেগ নেই, উত্তেজনা নেই। এভাবে থাকা যায় নাকি?

তাছাড়া আরও একটা ব্যাপার জগাকে ভাবিয়ে তুলল। নবীনের মিষ্টির দোকানে সেদিন সন্ধ্যেবেলা কয়েকটা লোক বসে চা খেতে খেতে জন্ম-মৃত্যু ইহলোক-পরলোক নিয়ে আলোচনা করছিল। লোকগুলোকে জগা চেনে না, বোধহয় অন্য গ্রামের। কিন্তু আলোচনার বিষয়টা তার ক্ষেত্রে এতটাই প্রাসঙ্গিক যে সে ওখানেই বসে লোকগুলোর কথা শুনছিল। একটা মাতব্বর গোছের লোক বেশী কথা কইছিল। সেই বলল, মৃত্যুর পর সবাই নাকি মুক্তি পায় না। যদি কারোর জীবদ্দশায় কোনো খুব জোরালো ইচ্ছে অপূর্ণ থেকে যায়, সেটার টানে মৃত্যুর পরেও তার অতৃপ্ত আত্মা সংসারে থেকে যায়। সেই ইচ্ছে যতদিন না পূর্ণ হচ্ছে, ততদিন সেই আত্মার মুক্তি নেই।

''কিন্তু সেটা কি সম্ভব?'' আরেকটা লোক চা-এর ভাঁড়ে চুমুক দিয়ে জিজ্ঞেস করল, ''যে মরে গেছে তার ইচ্ছেপূরণ কিভাবে হবে?''

''সেটার উপায় সেই আত্মাকে নিজেকেই খুঁজে বার করতে হবে।'' মাতব্বর লোকটা বলল, ''আত্মা তো বিদেহী, সে নিজে তো কিছু করতে পারবে না। তাকে জীবিত কারোর সাহায্য নিতে হবে।''

''কিন্তু কিভাবে সাহায্য নেবে? ধরো একজন খুব গরীব লোকের ইচ্ছে ছিল এই নবীনের পাঁচ টাকার রাজভোগ খান দশেক খাওয়ার। কিন্তু মরার আগে পর্যন্ত সে পঞ্চাশ টাকা জমিয়ে উঠতে পারল না, আর তার ইচ্ছেটা অপূর্ণ থেকে গেল। মরার পরে সেই ইচ্ছেটা সে অন্যের সাহাযা নিয়ে কিভাবে পূরণ করবে? আত্মা তো আর কোনোভাবে রাজভোগ খেতে পারবে না। তাহলে সে মুক্তি পাবে কিকরে?''

''আরে দুর! ওইসব ফালতু ব্যাপারে কারোর মুক্তি পাওয়া আটকায় নাকি? তোরাও যেমন। আত্মার মুক্তি পাওয়া আটকায় আরও গুরুত্বপূর্ণ কারণে। যেমন ধর কেউ অনেক টাকার সম্পত্তি লুকিয়ে রেখেছে কোথাও। কিন্তু সেই

লুকোনো জায়গাটার হদিস তার বংশধরকে দেওয়ার আগেই সে মারা গেল। তখন তার আত্মা ততক্ষন মুক্তি পাবে না যতক্ষন না সে জীবিত কারোর সাহায্যে তার বংশধরকে সম্পত্তির খোঁজটা দিতে পারে। বুঝলি?''

''বুঝলাম। কিন্তু জীবিত কারোর সাহায্যই বা কিভাবে নেওয়া যাবে। আমি যতদূর শুনেছি সাধারণ মানুষ আত্মাকে দেখতে বা আত্মার কথা শুনতে পায় না।''

''ঠিকই শুনেছিস। সেই জন্যই তো তাদের অসাধারণ মানুষ দরকার হয়। এই যে কিছু কিছু সিদ্ধপুরুষের কথা শোনা যায়, যারা নাকি ভূত প্রেতের সঙ্গে যোগাযোগ করতে পারেন, এনাদের মাধ্যমেই অতৃপ্ত আত্মারা মুক্তির পথ খুঁজে পায়।''

''ও। মানে ওই নন্দপুরের ভজা তান্ত্রিকের মতো কেউ?''

''দুত্তোর! ভজা আবার তান্ত্রিক নাকি? ওটা এক নম্বরের জোচ্চোর! গায়ে মাটি মেখে আবোল তাবোল মন্ত্র বলে আর মুখ্যু সুখ্যু লোকগুলোর মাথায় টুপি পরায়। ও ব্যাটা নিজেই ভূতের ভয়ে রাতে একা বেরোয় না!''

এরপর আলোচনার প্রসঙ্গটা ভজা তান্ত্রিকের দিকে ঘুরে যাওয়ার জগা সেখান থেকে উঠে পড়েছিল। কিন্তু তার মাথায় ব্যাপারটা চক্কর খেতে লাগল ক্রমাগত। মুক্তি চাই। আর মুক্তি পেতে গেলে চাই এমন কেউ যে তার অপূর্ণ ইচ্ছে পূর্ণ করতে তাকে সাহায্য করতে পারবে। কিন্তু তার চেয়েও বড় প্রশ্ন হল, ইচ্ছেটা কি?

ইহজগৎ থেকে মুক্তি পেলে আত্মা হয় স্বর্গে যায়, নয়তো নরকে। বেঁচে থাকতে জগার যা জীবনযাত্রা ছিল, তাতে তার নরকে যাবার সম্ভাবনাই শতকরা পঁচানব্বই ভাগ। আর নরকে গিয়ে কি হাঁড়ির হাল হবে সেটাও জগা জানে না। কিন্তু যাই হোক, মুক্তি পাওয়াটা তো দরকার। কি এমন অপূর্ণ ইচ্ছে রয়ে গেল যার জন্য তাকে এরকম অতৃপ্তভাবে ঘুরে বেড়াতে

হচ্ছে? জীবদ্দশায় কোনো শখ মেটাতে পারেনি বলে তো মনে পড়ে না। শখই ছিল না কিছু। অভাবের তাড়নায় জ্বলতে হয়েছে সারা জীবন। ক্লাস ফোর অবধি পড়ে স্কুল ছেড়ে দিতে হয়েছিল, কারণ স্কুলের ফি আর দিতে পারছিলেননা বটেশ্বর। কিন্তু জগার যে পড়াশুনা করার ঘোরতর ইচ্ছা ছিল তা একেবারেই নয়। বরং স্কুল থেকে নাম কাটা যাওয়ায় সে খুশিই হয়েছিল। কারণ তার খেলার সময় অনেক বেড়ে গেছিল। আর তারপর থেকেই আস্তে আস্তে সে পুরো বখে গেল। শেষে তার শুধু একটাই চাহিদা ছিল, বাংলার। সেটাও সে পেয়ে যেত প্রায় নিয়মিতই। যে রাতে সে মরল, সেই রাতেও শোবার আগে আধ বোতল গলায় ঢেলেই শুয়েছিল। কাজেই সেই চাহিদাটা তো তার মুক্তির অন্তরায় হয়ে দাঁড়াতে পারে না কোনোভাবেই! তাহলে?

আকাশ পাতাল ভেবেও জগার মাথায় এল না কিছুই। মাঝখান থেকে মনের ফুর্তিটা গেল নষ্ট হয়ে। মনে হতে লাগল, এই ভাবে অনর্থক ভেসে বেড়ানোর কোনো মানেই হয় না। যেভাবে সে বেঁচে ছিল তাতে তার ইহকাল তো বৃথা গেছেই, মুক্তি না পেলে তো পরকালটাও বৃথা যাবে!

জগার গ্রামের পুব দিকের সীমানা ঘেঁষে একটা ঘন বাঁশবন আছে, যেটায় পারতপক্ষে কোনো মানুষজন যায়না। গ্রামের সবাই জানে ওখানে ভূত আছে। অনেকে নাকি রাতের বেলা ওখান থেকে ভূত বেরিয়ে আসতে দেখেওছে। জগার এক বদমাশ বন্ধু কালু একবার জগার সঙ্গে বাজি ধরেছিল যে জগা যদি ওই বাঁশবনে একটা রাত কাটিয়ে আসতে পারে তাহলে সে নিজের পয়সায় জগাকে এক বছর ধরে রোজ বাংলা খাওয়াবে। নেশার জন্য জগা যেকোনো শর্তে রাজী হয়ে যেত সাধারণত। কিন্তু সেদিন হয়নি। বরং কালুর ওই ভয়াবহ প্রস্তাব শুনে তার দেড় বোতল বাংলার নেশা চটকে গেছিল। ব্যাটা বলে কি?

খুব বিরক্ত হয়ে একদিন ভরদুপুরে ভাসতে ভাসতে সেই বাঁশবনে ঢুকে পড়ল জগা। এখন তো আর ভয় পাবার কিছু নেই। এখন তো সে নিজেই ভূত।

বাঁশবনটা খুবই ঘন। দিনের বেলাতেও ভেতরে আলো ঢোকে না ভালো করে। চারদিক আধো-অন্ধকার হয়ে থাকে। তার সঙ্গে একটা স্যাঁতস্যাঁতে ভাব। দিনের বেলাতেও ঝিঁঝি ডাকছে। একেবারে আদর্শ ভূতুড়ে পরিবেশ।

ভূতের দেখা পেতেও দেরী হল না জগার। এক জায়গায় ঝোপের মধ্যে খানিকটা কুন্ডলী পাকানো ধোঁয়ার মতো কি যেন দেখতে পেল। আর কাছে যেতেই সেই ধোঁয়ার কুন্ডলীটা আচমকা ''কে রে!'' বলে এমন জোরে হাঁক পাড়ল যে জগা আঁতকে উঠে ছিটকে সরে গেল দূরে।

কালচে ধোঁয়ার কুন্ডটা জমাট বেঁধে একটা চোখ-পাকানো বদমেজাজী বুড়োর আকার ধারণ করল। আর হাত দশেক দূরে একটা বাঁশঝাড়ের আড়াল থেকে সেই দৃশ্য দেখে চক্ষু ছানাবড়া হয়ে গেল জগার। এ যে তার বাবা বটেশ্বর!

2

বাঁশবনটা থেকে প্রায় আধ মাইল দূরে একটা কালীমন্দির আছে। একেবারেই পোড়ো মন্দির। অনেককাল আগে পুজোটুজো হত, বলিটলিও হত বলে শোনা যায়। এক সময় মন্দিরটায় ডাকাতের আস্তানা ছিল। সেই থেকেই লোকজন বিশেষ যায়-টায় না মন্দিরটার ধারেকাছে। অব্যবহারে আগাছা আর জঙ্গলে প্রায় ঢেকে গেছে মন্দিরটা। দেওয়ালগুলোরও ঝুরঝুরে অবস্থা। চুন-বালি খসে পড়ে ইঁটের পাঁজর বেরিয়ে পড়েছে অধিকাংশ জায়গাতেই। যে কোনো দিন ধ্বসে যেতে পারে।

মন্দিরের দালানে জগাকে ধরে ফেললেন বটেশ্বর। অবশ্য ধরে ফেলা বলতে যেমনটা বোঝায় ঠিক তেমনটা হল না এক্ষেত্রে। দুজনেই তো অশরীরী। তাই বটেশ্বর এসে যখন জগার ঘাড়ে পড়লেন তখন দুজনের ধোঁয়ার শরীর মিশে গিয়ে একটা ভজঘঠ ব্যাপার হল। প্রকান্ড একটা ধোঁয়ার কুন্ড মন্দিরের দালান জুড়ে নাচানাচি করে বেড়াল খানিক্ষণ। বেশ খানিক ধস্তাধস্তির পর শেষে ধোঁয়াটা দ্বিধাবিভক্ত হয়ে আবার দুটো শরীরের আকার নিল।

আসলে জগা তার বাবাকে আন্ডার এস্টিমেট করেছিল। বেঁচে থাকতে অনেকবার বটেশ্বর তাকে তাড়া করেছেন। কোনোকালেই ধরতে পারেননি। আর সেজন্য তাকে খুব একটা বেশী জোরে ছুটতেও হয়নি কখনও। তাই বাঁশবনে তাকে দেখে বটেশ্বর যখন রে রে করে তেড়ে এলেন, তখন স্বাভাবিক গতিতেই ছুট লাগিয়েছিল সে। কিন্তু এখন তো সে ভূত। ধোঁয়ার শরীর নিয়ে তাড়াতাড়ি ভেসে যাবার কায়দা তার অত ভালো রপ্ত নেই, যতটা তিন বছরের অভিজ্ঞতায় বটেশ্বর রপ্ত করেছেন। তার ওপর জীবিত নন বলে বটেশ্বর এখন ছুটতে গেলে হাঁপাচ্ছেনও না। তাই সব মিলিয়ে আধ মাইলের বেশী পালাতে পারল না জগা।

অশরীরী ছেলেকে আগাপাশতলা পেটাতে না পেরে আরও রেগে গেলেন বটেশ্বর, "হতভাগা জানোয়ার! মরে ভূত হয়ে বসে আছে! লজ্জা করে না?"

‘‘মানে? মরতে আবার লজ্জা করার কি আছে?তুমি নিজে মরে ভূত হওনি?’’

‘‘আমি মরেছি বলেই তুই মরবি? এটা তোর মরার বয়স?’’

‘‘আমাদের মতো লোকের আবার মরার বয়স কি? আধপেটা খেয়ে কোনোমতে বেঁচে ছিলাম। অনেক আগেই যে মরে যাইনি এই ভাগ্যি।কিন্তু তোমার ব্যাপারটা কি বলো তো? সেই কবে মরেছ, এখনও ভূত হয়ে ঘুরে বেড়াচ্ছ কেন?’’

‘‘তোর পিন্ডি চটকাব বলে!’’

‘‘মানে? আমি তো শুনেছি মরার সময় কোনো জোরালো ইচ্ছে অপূর্ণ থেকে গেলে লোকে মুক্তি পায় না। তোমারও কি সেরকম কিছু আছে নাকি?’’

‘‘আরে মুখ্যু, শ্রাদ্ধ না হলে লোকে এমনিই মুক্তি পায় না। ইচ্ছে-টিচ্ছে কিছু লাগে না।’’

‘‘অ্যাঁ?’’

‘‘অ্যাঁ নয়, হ্যাঁ। তিন বছর হল বাপ মরেছে, এতদিনেও শ্রাদ্ধ করতে পারলি না হতচ্ছাড়া?’’

‘‘শ্রাদ্ধ করব তোমার? কিভাবে করব শুনি? বিনে পয়সায় তো শ্রাদ্ধ হয় না। টাকা পাব কোত্থেকে? একটা ফুটো পয়সাও তো রেখে যাওনি।’’

‘‘আরে তোকে ঘটা করে শ্রাদ্ধ করতে কে বলেছে? একটা পুরোহিত ডেকে দু-পাঁচ টাকা দিয়ে খালি মন্তরগুলো পড়িয়ে দিলেই তো পারতিস।’’

‘‘দু-পাঁচ টাকা? কোন জমানায় আছো? পাঁচ টাকায় কোনো পুরোহিত মন্তর পড়বে না। খুব বেশী হলে গালাগালি দিতে পারে।’’

‘‘বাজে বকিস না। আশেপাশের গ্রামে অনেক গরীব পুরুত আছে। তিরিশটা টাকা ঠেকালেই এক ঘন্টায় শ্রাদ্ধ করে দেবে।’’

‘‘তিরিশ টাকা? ওরে বাবা! অত টাকা পাব কোথায়?’’

‘‘ও, তুমি রোজ দুবেলা মদ খেয়ে ফুর্তি করার টাকা জোগাড় করতে পারো, আর নিজের বাপের শ্রাদ্ধটা নমো নমো করেও করতে পারো না বেয়াদপ?’’

‘‘মদ নিয়ে খোঁটা দেবে না। আর আমি কিকরে জানব যে আমি শ্রাদ্ধ না করলে তুমি মুক্তি না পেয়ে ভূত হয়ে ঘুরে বেড়াবে?’’

‘‘অত কিছু তো তোকে জানতে হবে না। তুই তোর বাবার শ্রাদ্ধ করবি, ছেলে হিসেবে এটা তোর কর্ত্তব্য।’’

‘‘তাহলে বাবা হিসেবে তোমারও কর্ত্তব্য যে অন্তত নিজের শ্রাদ্ধের টাকাটা রেখে যাওয়া। নিজের দোষেই তুমি মুক্তি পাওনি। থাকো এখন সারা জীবন ভূত হয়ে।’’

নিজেদের অবস্থা ভুলে গিয়ে বটেশ্বর আবার ঝাঁপিয়ে পড়লেন জগার ওপর। কালো ধোঁয়ায় ভরে গেল মন্দিরের দালান।

বাপ-ব্যাটার ঝগড়াঝাঁটির আওয়াজে আরেকটা ধোঁয়াটে ভূত মন্দিরের ভেতর থেকে বেরিয়ে এসেছিল। বটেশ্বর বা জগা কেউই তাকে খেয়াল করেনি। সে চুপচাপ এককোনে বসে দুজনের কাজিয়া শুনছিল। বটেশ্বর যখন দ্বিতীয়বার জগাকে আক্রমণ করলেন, তখন ভূতটা খুব বিরক্ত গলায় বলে উঠল, ‘‘আরে খেলে যা! মরে ভূত হয়ে গেল, এখনও মারপিট করার শখ মিটল না! ওরে, শরীরই তো নেই। মারবিটা কোথায়?’’

বটেশ্বর জগার গলা টিপে ধরার একটা ব্যর্থ চেষ্টা করছিলেন। আর জগা নিজের শরীরটাকে বাবার শরীর থেকে আলাদা করার চেষ্টা করে যাচ্ছিল প্রাণপণে। তারই মধ্যে ঘাড় ঘুরিয়ে দেখল দালানের কোনে বসে থাকা তৃতীয় ভুতটাকে। বেশ লম্বা-চওড়া চেহারা, একজোড়া পাকানো গোঁফও আছে। গায়ের রং বোধহয় কালোই হবে।

জগা দুই ঝটকায় বাবার শরীর থেকে আলাদা হয়ে বেরিয়ে এসে বলল, ‘‘দেখুন তো, কি বিপদ! শ্রাদ্ধ করিনি বলে মারছে আমাকে। আরে এখন তো আমিও ভূত হয়ে গেছি, মারলে কি আর শ্রাদ্ধ হবে?’’

‘‘মোটেই হবে না।’’ বটেশ্বরের দিকে তাকিয়ে ভূতটা বলল, ‘‘বড় দেরী করে ফেলেছিস রে! বেঁচে থাকতে সব ব্যবস্থা করে রাখা উচিত ছিল।’’

বটেশ্বর খেপেই ছিলেন। একদম খ্যাঁক্ করে উঠলেন, ‘‘কে মশাই আপনি, অন্যের চরকায় তেল দিতে এসেছেন? আর চেনা নেই জানা নেই, আমাকে তুই-তোকারি করছেন কোন সাহসে?’’

‘‘আমাদের কি আর চরকা বলে কিছু আছে রে, যে তেল দেব? সেই যবে মরেছি, চরকা-ফরকা সব থেমে গেছে। এখন যতদিন না মুক্তি পাচ্ছি, এই ইহলোক আর পরলোকের মাঝে ঝুলে থাকা। আর তুই-তোকারির কথা বলছিস? তোরা আমার হাঁটুর বয়সী বললেও কিছুই বলা হয় না। কালু ডাকাতের নাম শুনেছিস?’’

‘‘কালু ডাকাত? মানে ব্রিটিশ আমলের সেই দুদ্ধর্ষ কালু ডাকাত? এই এলাকার ডাকাতদলের শেষ সর্দার?’’

‘‘এই শর্মাই হল সেই কালু ডাকাত।’’

‘‘অ্যাঁ?’’

''অ্যাঁ নয়, হ্যাঁ। সেই কবে পুলিশের হাতে খুন হয়েছি, সেই থেকে এখানে আটকে আছি।''

''সে কি!আপনাকে তো শুনেছি ব্রিটিশরাও ধরতে পারেনি। সাহেব ইন্সপেক্টর বিশাল পুলিশ বাহিনী নিয়ে এই জঙ্গল পুরো ঘিরে ফেলেছিল। আপনার দলের অর্ধেক ডাকাত ধরা পড়ল, বাকী অর্ধেক মারা পড়ল। কিন্তু আপনার টিকিটাও ছুঁতে পারল না। কোথায় যে ভ্যানিশ হয়ে গেলেন, টেরই পেল না কেউ। কেউ বলে আপনি সাধু হয়ে হিমালয়ে চলে গেছেন। কেউ বলে আপনি ছদ্মবেশে কোথাও লুকিয়ে আছেন, সুযোগ পেলেই আবার দল গড়ে অ্যাকশনে নেমে পড়বেন। পুলিশ বাহিনী তিন দিন ধরে গোটা জঙ্গলে চিরুনী তল্লাশী চালাল, কিন্তু আপনার খোঁজ পেল না। আপনার দলের যারা ধরা পড়েছিল, তারাও আপনার ব্যাপারে কোনো হদিশ দিতে পারল না। তাহলে আপনি পুলিশের হাতে খুন হলেন কিভাবে? তাছাড়া ভূত হয়ে এই মন্দিরেই বা ঘাপটি মেরে আছেনকেন?''

কালু একটা দীর্ঘশ্বাস ছেড়ে বলল, ''নিজের দোষে রে! সম্পত্তি আগলাচ্ছি।''

''সম্পত্তি? আপনার আবার সম্পত্তি কি? সেই রাতে পুলিশ তো জঙ্গলে আপনার তিনটে ডেরায় হানা দিয়ে ডাকাতির সব মাল উদ্ধার করেছিল বলে শুনেছি।''

''ঠিকই শুনেছিস। আমাদের ডাকাতি করা সবকিছুই পুলিশ নিয়ে গেছিল সেদিন। কিন্তু এটা আমার নিজস্ব সম্পত্তি।''

''নিজস্ব সম্পত্তি মানে?''

''একটা সময় আমি বুঝতে পারছিলাম যে আমাদের ডাকাতির দিন শেষ হয়ে আসছে। দলের ছেলেপুলের মানসিকতা বদলাচ্ছে, অনেকেই মনে মনে

ডাকাতি ছেড়ে সাধারণ জীবনে ফিরতে চায়। এককথায়, কাপুরুষ হয়ে যাচ্ছে ছেলেগুলো! এটাও সন্দেহ হচ্ছিল, দলেরই কেউ হয়তো নিজে বাঁচতে পুলিশের চর হয়ে আমাদের ধরিয়ে দিতে পারে। তাই ডাকাতির মাল থেকে আমি গোপনে নিজের জন্য অল্প অল্প করে সরাতে শুরু করি।''

''অ্যাঁ? নিজের ঘরেই চুরি?''

''উপায় ছিল না। আমার ছেলে আমার পরে দলের যোগ্য নেতাই হত, কিন্তু আমার নাতি হয়ত ডাকাত হত না। কিন্তু কালু ডাকাতের নাতিকে কি আর সহজে কেউ চাকরি-বাকরি দেবে? তাই তার ভবিষ্যতের কথা ভেবেই আমি নিজের জন্য কিছু সম্পত্তি জমাতে শুরু করলাম। এই মন্দিরের প্রতিমার পেছনের দেওয়ালে আগাছার মধ্যে দুটো আলগা পাথর আছে। সেদুটো সরালে একটা ছোট্ট কুঠুরি পাওয়া যায়। সেখানে আমি অনেক মালই সরিয়ে রেখেছি। সেগুলোকেই যখ হয়ে আগলাচ্ছি এখন।''

''সে কি? আগলাচ্ছেন কেন? নাতিকে দেননি?''

''আরে দেবটা কিকরে? আমার ছেলে লালু ছাড়া আর তো কেউই এই সম্পত্তির কথা জানত না। সেই রাতে লালু পুলিশের গুলিতে মরল। আমার পেটেও তিনটে গুলি লেগেছিল। তাই নিয়েই কোনোমতে উত্তরের নদী পর্যন্ত পালিয়েছিলাম। তারপর আর টানতে পারলাম না। জলে পড়ে মরে গেলাম। লাশটা দুদিন জলে ভেসেছিল, তারপর কোথা থেকে একটা কুমীর এসে খেয়ে ফেলল গোটাটা। ব্যাস, আমার আর কোনো চিহ্নই রইল না।''

''বোঝো!''

''এখন যতদিন না আমার বংশধরদের কেউ এসে এই সম্পত্তি নিচ্ছে, আমার এ জায়গা ছেড়ে নড়ার উপায় নেই।''

''তা, নাতির খবর জানেন?''

''সেই রাতে পুলিশ তো নাতিকে তুলে নিয়ে গেছিল। তখন সে পাঁচ বছরের বাচ্চা। তারপর শুনেছিলাম তাকে শহরের একটা অনাথ আশ্রমে রেখেছে। এর বেশী কিছু জানি না।''

''সে তো অনেককাল আগে। তার মানে আপনার নাতি এখন বেঁচে নাও থাকতে পারে।''

''সে তো নাই পারে। কিন্তু তার বংশের যে কেউ এসে সম্পত্তি নিলেই হবে।''

জগা বলল, ''এটাও তো হতে পারে যে আপনার নাতি বিয়েই করেনি। তার আর কোনো বংশধরই নেই।''

কালু ডুকরে উঠল, ''ওরে ওকথা বলিস না! তাহলে আমি কোনোদিন মুক্তি পাব না!''

জটেশ্বর চোখ পাকিয়ে বললেন, ''ব্যাটা সারাজীবন অপদার্থ ছিল, মরেও অপদার্থই আছে! কোথায় কোন কথা বলতে হয় আজও শিখল না। আপনি চিন্তা করবেন না কালুবাবু, আপনার কোনো বংশধর নিশ্চয়ই একদিন আসবে আপনাকে মুক্তি দিতে।''

''সেই আশাতেই তো বসে আছি রে। কিন্তু কবে যে আসবে, আর কিভাবেই বা এখানকার খবর পাবে, সেটা আজও ভেবে পেলাম না। যাক গে। আমার কথা বাদ দে। তোরা বাপ-ব্যাটায় এই ভরদুপুরে মারপিট করছিলি কেন তাই বল।''

বটেশ্বর দাঁত খিচিয়ে বললেন, ''আর কেন! এই জানোয়ারটার দৌলতে আমার মুক্তির পথ পাকাপাকিভাবে ঘুচে গেছে! ব্যাটা তিন বছর সময়

পেয়েছিল, তাও আমার শ্রাদ্ধ করেনি। এখন সারাজীবন ভূত হয়ে থাকতে হবে!''

জগা প্রতিবাদের গলায় বলল, ''ও, শুধু নিজের কথাটাই ভাবছ? আর আমিও যে কোনোদিন মুক্তি পাব না তার বেলা? জানোই যখন যে শ্রাদ্ধ না করলে মুক্তি হয় না, তখন আমার বিয়ে দাওনি কেন? নিজের ছেলের মুক্তির কথা তুমি ভাববে না, অথচ আমার যত দোষ!''

''থাবড়ে দাঁত ফেলে দেব হতভাগা! এক পয়সা রোজগার করার মুরোদ নেই, ধাড়ি ছেলে সারাজীবন বাপের ঘাড়ে বসে খেলি, আবার বিয়ের কথা বলিস কোন মুখে?''

কালু বলল, ''ওরে তোরা থাম। এখন আর একে অপরকে দোষ দিয়ে লাভ নেই। তার চেয়ে কিভাবে মুক্তি পাবি সেটা ভাব।''

হতাশ গলায় বটেশ্বর বললেন, ''আর ভেবে কি হবে? জগা আমার এক সন্তান, আর বিয়ে না করেই টসকে গেছে। কাজেই শ্রাদ্ধের কোনো চান্স নেই। মুক্তির সব পথ বন্ধ।''

''হ্যাঁ, শ্রাদ্ধ না হলে মুক্তি পেতে সমস্যা হয় বটে। কিন্তু মোটামুটি পুন্য-টুন্য করা থাকলে অসুবিধা হয় না। আমাকেই দেখ না। আমার ছেলেটা তো সেই রাতেই পুলিশের গুলিতে মরল। নাতিকে পুলিশ তুলে নিয়ে গেল। কিন্তু বারো বছর ধরে ডাকাতি করে তো পাঁচটা গ্রামের গরীব লোকেদের কম দিইনি। সেই পুন্যতেই আমার পুষিয়ে গেছে। এখন এই সম্পত্তিটা উদ্ধার হলেই আমার ছুটি। কিন্তু তোরা কি পুজো-টুজো করতিস না? বা দান-ধ্যান?''

''দুবেলা ভালো করে খাওয়াই জুটত না, দান-ধ্যান আর কোত্থেকে করব? পুজো-আচ্চাও করা হয়ে উঠত না। আমার বউ বেঁচে থাকতে সন্ধ্যে দিত, কিন্তু সেও তো গত হয়েছে বহুদিন আগে। আর জগাটা তো পুরো বখে

গেছিল। মদ, গাঁজা, জুয়া, চুরি - কিছুই বাদ দেয়নি। ওর পুন্যের চেয়ে পাপের হিসেব বেশী।''

কালু একটু ভেবে বলল, ''পাপ করেও কিন্তু তোদের অবস্থায় মুক্তি পাওয়া সম্ভব। তোর ছেলে কোনো মহিলার সঙ্গে কোনো অবৈধ শারীরিক সম্পর্কে জড়ায়নি?''

''কে জানে? জড়াতেও পারে। ও যা ছেলে, ওর পক্ষে সব সম্ভব।''

''অবৈধভাবেও যদি ওর কোনো সন্তান থাকে, সে তোদের শ্রাদ্ধ করলেও কিন্তু তোরা মুক্তি পাবি।''

জগা অন্যমনস্ক হয়ে কি যেন ভাবছিল। হঠাৎ বলে উঠল, ''আছে আছে!''

''কি আছে?''

''ওই যে, কালুবাবু বললেন না, অবৈধ সন্তান? সেটা আছে আমার।''

''তোর অবৈধ সন্তানও আছে?তুই কি কোনো দুষ্কর্মই বাকী রাখিসনি? কোন মেয়ের সর্বনাশ করেছিস?''

''আরে কারোর সর্বনাশ করিনি। যেদিন তুমি মরে গেলে, তার পরদিন তোমায় পুড়িয়ে আমি সারাদিন খোকনদার ঠেকে মদ খাচ্ছিলাম আর কাঁদছিলাম। ওখানে একটা মেয়ে কাজ করে। বাজে মেয়ে, বোধহয় অনেকের সঙ্গেই লাফড়া আছে। সেই মেয়েটা আমার কাছে বসে আমাকে সান্ত্বনা দিচ্ছিল। নিজেও মদ খাচ্ছিল। তারপর রাতের দিকে নেশা চড়ে গিয়ে একটু ঘনিষ্ঠ হয়ে পড়েছিলাম। সেই থেকেই আর কি।''

''তা সেই মেয়েটাকে বিয়ে করলি না কেন?''

''বিয়ে? ওই ফালতু মেয়েকে কে বিয়ে করবে?''

''তুই কোথাকার রাজপুত্তুর রে? আর ফুর্তি করার সময় মেয়েটা ফালতু ছিল না?''

''কি মুশকিল, বিয়ে করার কথা উঠছে কেন? আর বিয়ে করলে খাওয়াতাম কি?''

''মেয়েটাকে নষ্ট করার সময় সেটা মনে ছিল না হতচ্ছাড়া?''

কালু বাধা দিয়ে বলল, ''ওরে তোরা ঝগড়া করিসনি। আসল প্রসঙ্গে ফিরে আয়। জগা, ওই ঘটনার পরে মেয়েটার ছেলে-মেয়ে কিছু হয়েছে?''

''শুনেছি তো হয়েছে। তবে দেখিনি। মেয়েটা নাকি বাচ্চা হবে বলে কাজ থেকে ছুটি নিয়েছিল। তারপর আর ফিরে আসেনি।''

''ও। তাহলে তো মেয়েটার খোঁজ করা দরকার।''

''সেখানেই তো সমস্যা। খোঁজটা করব কিভাবে? আমরা তো ভূত। কোনো সাধারণ মানুষ তো আমাদের দেখতে বা শুনতে পাবে না।''

''সে পাবে না। তবে একজন অসাধারণ মানুষের কথা আমি জানি যে ভূতেদের সঙ্গে যোগাযোগ করতে পারে। এই গ্রাম থেকে পুব দিকে পাঁচটা গ্রাম পেরোলে সরষেপুর গ্রাম পাবি। সেখানে ভবতারণ নামে একটা লোক থাকে। সে আত্মাদের সঙ্গে যোগাযোগ করার মন্ত্র জানে। আমি বছর দশেক আগে একটা ভূতের মুখেই লোকটার কথা শুনেছিলাম।''

''আরে বাঃ! এ তো দারুণ খবর।'' খুশী হয়ে উঠল জগা, ''তাহলে তো সে ভবতারণই মেয়েটার খোঁজ নিতে পারে।''

"হ্যাঁ, কিন্তু একটা সমস্যা আছে। ভবতারণ লোকটা খুব একটা সুবিধের নয়। তার নেশা নাকি ভূত পোষা। সে মন্ত্র পড়ে ভূতের সঙ্গে যোগাযোগ করে, তারপর সেই ভূতকে বোতলের মধ্যে বন্দী করে রাখে।"

"এই সেরেচে!"

"যদি ভবতারণের সাহায্য নিতে হয় তো প্রথমে তার হাতে বন্দী হতে হবে। তারপর যদি তাকে বলে-কয়ে রাজী করাতে পারিস, তবেই কাজ হবে।"

"ওরে বাবা! এরকম লোকের কাছে যাওয়া কি ঠিক হবে?"

বটেশ্বর বললেন, "ঠিক হবে মানে? মুক্তির আর কোনো উপায় আছে তোর কাছে? এই একটাই তো পথ।"

"কিন্তু লোকটা যদি আমাদের কথা বিশ্বাস না করে, তাহলে তো চিরকাল বোতলের মধ্যে কাটাতে হবে। এখন তো তবু যেখানে খুশী ঘুরতে পারছি।"

"ওরে মূর্খ, সবে তো ভূত হয়েছিস। এই জীবনের দুঃখ তো জানিস না! আমি তিন বছর ধরে ভুগছি। মুক্তি যদি না পাস তাহলে গোটা দুনিয়াটাইবোতল মনেহবে।"

"তাহলে আর কি। চলো, চেষ্টা করে দেখাই যাক, নিজের শ্রাদ্ধের ব্যবস্থা করা যায় কিনা।"

কালু বলল, "হ্যাঁ, চেষ্টা করে দেখতে ক্ষতি কি। তোরা এই বেলা বেড়িয়ে পড়। দেরী করে লাভ নেই। আর একটা অনুরোধ আছে। যদি ভবতারণকে রাজী করাতে পারিস, তাহলে ওকে আমার কথাটাও বলিস। যদি ও দয়া করে আমার নাতি বা তার বংশধরদের কাউকে খুঁজে এখানকার খবরটা

দিয়ে দেয় তো আমিও মুক্তি পাই। আমার নাতির ভালো নাম কৃষ্ণচরণ সর্দার। আমরা ওকে আলু বলে ডাকতাম।''

''অবশ্যই।'' কালুকে আশ্বস্ত করলেন বটেশ্বর, ''আপনি কোনো চিন্তা করবেন না, আমাদের মুক্তির ব্যবস্থা যদি হয়, তবে আপনার মুক্তির ব্যবস্থাও হবে।''

''আশির্বাদ করি, তোরা সফল হ।''

3

সরষেপুরে কোথাও সরষে চাষ হয় না। এখানকার সরষের তেল মোটেই বিখ্যাত নয়, তাছাড়া এখানে কোনো সরষের ঘানিও নেই। এমনকি এই গ্রামের লোকেরাও দুবেলা সরষে দিয়ে ঝোল রাঁধে না। বস্তুত গ্রামটার নাম যে কেন সরষেপুর হয়েছে, সেটা কারোর জানা নেই। কিন্তু সরষেপুর বেশ বড় গ্রাম। বড় হাট, জাগ্রত কালীমন্দির, হাসপাতাল, স্কুল - সবই আছে এখানে। শহরও কাছেই। এছাড়া গ্রামের গা ঘেঁষেই রয়েছে রেল ষ্টেশন, যেখান থেকে ট্রেন ধরলে ঘন্টাখানেকের মধ্যে পৌঁছে যাওয়া যায় একদম কলকাতায়।

জগারা সরষেপুরে পৌঁছে গেল সন্ধ্যের আগেই। ভূত হবার এই সুবিধে। সোজা রাস্তা দিয়ে যাবার দরকার নেই, বন-জঙ্গল খাল-বিল সবকিছুর ওপর দিয়ে ভেসে চলে গেলেই হল। পথ চলার ক্লান্তি বলেও কিছু নেই। তাই পাঁচটা গ্রাম পেরোতে বেশী সময় লাগল না।

কিন্তু সমস্যা হল সরষেপুরে পৌঁছে। ভবতারণের বাড়ী কোথায় জানা নেই। কাউকে জিজ্ঞেস করেও লাভ নেই, ভূতের কথা কেউ শুনতে পাবে না। তাহলে উপায়?

গ্রামটায় ঢুকে ভ্যাগাবন্ডের মতো ঘন্টাখানেক এদিক ওদিক ঘুরে সন্ধ্যে হয়ে গেল। কিন্তু কাজের কাজ কিছুই হল না। জগার থিয়োরি ছিল - লোকটা যখন ভূত পোষে, তার বাড়ীটাও নিশ্চয়ই ভূতুড়ে গোছের হবে। তা, গোটা গ্রাম ঘুরেও কোনো ভূতুড়ে বাড়ী পাওয়া গেল না। গ্রামের স্কুলের পেছনে একটা ভাঙাচোরা কুঁড়েঘর খুঁজে পেয়েছিল জগা, কিন্তু সেখানে লোক থাকে না। উই-এর ঢিবি আর জঙ্গল হয়ে রয়েছে ভেতরে। বটেশ্বরের তেমন কোনো থিয়োরি ছিল না। তিনি বুদ্ধি করে একটা চায়ের দোকানে গ্রামের দশ-বারো জন প্রবীন লোকের আড্ডা শুনছিলেন। এইরকম বৈকালিক আড্ড ায় পরচর্চাই বেশী হয়। আর গ্রামের যে একমাত্র ব্যক্তি ভূত পোষে, তাকে নিয়ে চর্চা হওয়াটাই স্বাভাবিক। কিন্তু সেখানেও সুবিধা হল না। সরকারবাড়ীর মেয়ে কোন ছেলের সাথে পালিয়েছে, দত্তবাড়ীর মেজো ছেলে কতখানি উচ্ছন্নে গেছে, কালীমন্দিরের বুড়ো পুরোহিত কবে লুকিয়ে বিয়ে করবেন বলে

ফন্দি আঁটছেন, সামনের মাসে আলুর দর কত কমবে - এইসব নানাবিধ তথ্য জানা গেলেও ভবতারণের ব্যাপারে কোনো কথাই হল না সেই আড্ডায়। মাঝখান থেকে নষ্ট হল প্রায় আধঘন্টা।

বেজায় হতাশ হয়ে বাপ-ব্যাটায় একটা বট গাছের তলায় দাঁড়িয়ে যখন মাথা চুলকোচ্ছে, তখন হঠাৎ মাথার ওপরে একটা হেঁড়ে গলা শোনা গেল, ‘‘কি হে? এ গ্রামে নতুন মনে হচ্ছে?’’

চমকে উঠে ওপরে তাকিয়ে দুজনে দেখে গাছের ডালে একটা সিঁড়িঙ্গেপানা ভূত ঠ্যাং ঝুলিয়ে বসে আছে। বসে আছে বললে অবশ্য ঠিক বলা হয় না। খানিকটা বসে থাকার ভঙ্গিতে গাছের ডালটার ওপর ভেসে রয়েছে। আর মনোযোগ দিয়ে পর্যবেক্ষণ করছে তাদের।

দুজনকে হাঁ করে তাকিয়ে থাকতে দেখে সিঁড়িঙ্গে লোকটা আবার বলল, ‘‘আগে তো এ তল্লাটে দেখেছি বলে মনে পড়ছে না। নতুন এসেছেন নাকি?’’

‘‘আপনি ভূত নাকি?’’ জগা উল্টে প্রশ্ন করল।

‘‘ভূত না হলে আর আপনাদের সঙ্গে কথা বলছি কি করে?’’

‘‘তাও তো বটে। আপনি এই গ্রামের ভূত?’’

‘‘হ্যাঁ তা বলতে পারেন। এই গ্রামেই আমার জন্ম। পুরো বেয়াল্লিশটা বছর পার করে গত বছর এখানেই মরেছি। এখনো ওই পাশের জঙ্গলটাতেই থাকি। সেদিক থেকে দেখতে গেলে আমাকে এই গ্রামের ভূত বলাই যায়।’’

‘‘সে কি! আপনি গত বছর মরেছেন? এক বছর ধরে বাইরে ঘুরে বেড়াচ্ছেন? এখনো বোতলের মধ্যে ঢোকেননি? জঙ্গলে লুকিয়ে থাকেন বুঝি?’’

‘‘মোলো যা! খামোখা লুকিয়ে থাকতে যাব কেন? আর বোতলের মধ্যেই বা ঢুকতে যাব কোন দুঃখে? আপনাদের গ্রামে কি ভূতেরা বোতলের মধ্যে ঢুকে থাকে নাকি?’’

‘‘আরে না না। এই গ্রামে ভবতারণ নামে একজজন লোক আছেন না, যিনি ভূত ধরে ধরে বোতলের মধ্যে বন্দী করে রাখেন? আমি সেই বোতলের কথাই বলছিলাম।’’

‘‘ও তাই বলুন। ভবদার বোতল। হ্যাঁ, বছর কয়েক আগে মরে ভূত হলে হয়তো ভবদা ধরে বোতলে পুরেই রাখত। কিন্তু এখন ভবদাও নেই, তার বোতলও নেই।’’

‘‘নেই মানে? উনি এখন আর ভূত ধরেন না?’’

‘‘ও নিজেই ভূত হয়ে গেছে, আর ভূত ধরবে কি?’’

‘‘অ্যাঁ? ভবতারণবাবু ভূত হয়ে গেছেন?’’

‘‘আরে না, ওটা কথার কথা। ভবদা তো আর আমাদের মতো চোর-ছ্যাঁচোড় ছিল না, ভূত হবে কেন? শ্রাদ্ধের পর দিব্যি ড্যাং ড্যাং করে মুক্তি পেয়ে ওপরে চলে গেছে।’’

‘‘ওপরে চলে গেছেন?মানে উনি মরে গেছেন? কবে মরলেন?’’

‘‘সে প্রায় বছর তিনেক হয়ে গেল।’’

জগা ধপাস করে মাটিতে বসে পড়ল, ‘‘হায় রে! এ কি খবর শোনালেন? আমরা যে ওনার আশাতেই এতদূর থেকে এসেছিলাম। এখন আমাদের কি হবে?’’

সিঁড়িঙ্গে লোকটা ভারি অবাক হয়ে বলল,''আপনারা ভবদাকে খুঁজতে এসেছেন?''

''আজ্ঞে হ্যাঁ, ওনার সঙ্গে দেখা করার জন্যই পাঁচটা গ্রাম পেরিয়ে ছুটে এসেছি।'' জগার অশরীরী চোখে প্রায় জল এসে গেল।

''বলেন কি! ভবদাকে দেখলে তো ভূতেরা উল্টোদিকে দৌড় মারত বরাবর। শুধু এই গ্রামেরই নয়, আশেপাশের দু-তিনটে গ্রামের সমস্ত ভূত ভবদার ভয়ে সিঁটিয়ে থাকত। ভবদা মরে যাবার পর শুনেছি ওই নন্দপুরের ভূতেরা সবাই মিলে মোচ্ছব করেছিল। কিন্তু এই প্রথম দেখলাম কোনো ভূত স্বেচ্ছায় ভবদাকে খুঁজছে। তাও আবার একজন নয়, দুজন। ব্যাপারটা কি বলুন তো?''

''ব্যাপারটা হল আমাদের মুক্তি।'' বললেন বটেশ্বর, ''আমার এই অপদার্থ ছেলেটার জন্য মুক্তি না পেয়ে ঝুলে আছি।''

''মানে?''

''মানে তিন বছর হল আমি মরেছি, এ ব্যাটা এতদিনেও আমার শ্রাদ্ধ করে উঠতে পারেনি। উল্টে নিজেও মরে বসে আছে।''

''ও। তা ওনার ছেলেপুলে নেই? মানে আপনার নাতিপুতি?''

''বিয়েই করেনি, তায় আবার নাতিপুতি। এক নম্বরের বাউন্ডুলে ছেলে! দিনরাত খালি মদ আর জুয়া। ওই মদ খেয়ে খেয়েই তো মরল!''

''ও বাবা! এ তো বেশ ভ্যাজালে ব্যাপার! তাহলে আপনাদের দুজনেরই শ্রাদ্ধের পথ বন্ধ?''

‘‘একটা হালকা আশার আলো আছে, সেটার জন্যই ভবতারণবাবুর খোঁজে আসা।’’

‘‘কিরকম?’’

‘‘এই হতভাগা একটা মেয়ের সঙ্গে ফুর্তি করেছিল একবার। সেই মেয়েটার নাকি বাচ্চাও হয়েছিল। এই বাচ্চা যদি আমাদের শ্রাদ্ধ করে তাহলেও আমরা মুক্তি পাব। কিন্তু সমস্যা হল মেয়েটা গ্রাম ছেড়ে চলে গেছে। কোথায় গেছে জানি না। তাই ভাবছিলাম ভবতারণবাবু তো ভূতেদের সঙ্গে কথা বলতে পারেন, যদি ওনার হাতে ধরা দিয়ে ওনাকে রাজী করিয়ে ওনার সাহায্যে সেই মেয়েটাকে খুঁজে বের করতে পারতাম।’’

‘‘হুম।’’ বিজ্ঞের মত মাথা নেড়ে সিড়িঙ্গে লোকটা বলল, ‘‘আপনাদের পরিকল্পনা ভালোই, তবে বাস্তবায়িত হবার নয়।’’

‘‘হ্যাঁ, সে তো বটেই। আপনি তো বললেন যে উনি তিন বছর আগে মরে গেছেন।’’

‘‘বেঁচে থাকলেও লাভ হত না। ভবদাকে আমি খুব ভালোভাবে চিনি। ভূতেদের জন্য তার মনে ছিটেফোঁটা মায়াদয়াও ছিল না। শুধু ভূত ধরে বোতলবন্দী করাটাই ছিল তার শখ।’’

‘‘মানে আপনি বলছেন, ওনাকে কোনোভাবেই রাজী করানো যেত না?’’

‘‘আজ্ঞে না। সে আপনাদের কোনো কথাই শুনত না। ভূতেদের সঙ্গে তার অনেকটা শিকার-শিকারীর সম্পর্ক ছিল। ভূতেরা যে তাকে যমের মতো ভয় পেত, এটাতেই ছিল তার আনন্দ। সে নিজেকে বলত - ভূত্রাস ভবতারণ।’’

‘‘ভূত্রাস? তার মানে?’’

‘‘ভূত + ত্রাস। মানে ভূতেদের ত্রাস।’’

‘‘ও।’’

‘‘সেইজন্যই বলছি, ভবদা বেঁচে থাকলেও আপনাদের কোনো লাভ হত না। উল্টে ক্ষতি হত। একবার ভবদার হাতে পড়লে যুগ যুগ ধরে বোতলে আটকে থাকতে হত।’’

বেজায় হতাশ হয়ে বটেশ্বর বললেন, ‘‘তাহলে আর কি! একমাত্র আশার আলো নিভে গেল। আমরা আবার যে তিমিরে সে তিমিরে!’’

‘‘তাহলে এখন উপায়?’’ কাঁদো কাঁদো গলায় জিজ্ঞেস করল জগা।

‘‘উপায় আর কি?’’ খিঁচিয়ে উঠলেন বটেশ্বর, ‘‘তোর হঠকারিতার জন্য সারাজীবন ভূত হয়েই থাকতে হবে!’’

‘‘আর কি কোনো পথ নেই?’’

‘‘আবার কিসের পথ? শুনলি তো ভবতারণ মরে গেছে তিন বছর আগে।’’

‘‘ভবতারণের মতো কি আর কাউকে খুঁজে পাওয়া যাবে না, যে ভূতদের কথা শুনতে পায়?’’

‘‘এঃ! মামাবাড়ী পেয়েছিস? এসব লোক ক্ষণজন্মা হয়। হয়তো গোটা বাংলা খুঁজলেও এরকম আর কাউকে পাবি না। আর পেলেও যে আমাদের উদ্দেশ্য সিদ্ধ হবে, তা তো নয়। শুনলি তো এনার মুখে, ভবতারণ বেঁচে থাকলেও আমাদের সাহায্য করত না।’’

সিঁড়িঙ্গে লোকটা বটেশ্বরের কথায় সায় দিয়ে বলল, ‘‘ঠিক কথা। কেউ কারোর জন্য কিছু করে না ভাই। তাছাড়া আজকাল লোকে নিজের ক্ষমতার প্রতি সুবিচারও করতে চায় না। এই যেমন ভবদার ছেলের কথাই ধরুন। তাকে ভবদা নিজে হাতে সব কিছু শিখিয়ে পড়িয়ে দিয়ে গেছেন। ইচ্ছে করলেই সে ভবদার মতো মন্ত্র পড়ে ভূত ধরতে পারে। কিন্তু ধরছে কি?’’

‘‘কি বললেন? ভবতারণের ছেলেও ভূত ধরতে পারে?’’

‘‘পারে, কিন্তু ধরে না। সে হল ভবদার কুলাঙ্গার সন্তান। এক নম্বরের ভীতু।’’

‘‘ভীতু মানে?’’

‘‘ভীতু মানে ভীতুর ডিম। ভবদার মতোই ক্ষমতা নিয়ে জন্মেছে সেই ছেলে। কিন্তু ছোটবেলা থেকেই তার প্রচন্ড ভয়। সে ভূতে ভয় পায়, অন্ধকারে ভয় পায়, রাতে প্যাঁচার ডাক শুনে ভয় পায়, বেড়ালের জ্বলজ্বলে চোখ দেখে ভয় পায়, গ্রামের ন্যাড়াপাগলাকে ভয় পায়, বাজারের ষাঁড়টাকে ভয় পায়, চোরকে ভয় পায়, পুলিশকে ভয় পায় - এক কথায় সবকিছুতেই তার ভয়। একবার মাঝরাতে আমাকে সারা গায়ে তেল মাখা অবস্থায় দেখে তো চোখ উল্টে ভিরমি গেছিল। ভাবুন তো! যাকে জন্ম থেকে দেখছিস, তাকে দেখেই অজ্ঞান হয়ে গেলি?’’

‘‘কিন্তু আপনি মাঝ রাতে সারা গায়ে তেল মেখে তার সামনে গেছিলেন কেন?’’

সিঁড়িঙ্গে লোকটা একটু লজ্জা পেয়ে বলল, ‘‘পেটের দায়ে। আমি আসলে খুব একটা ভালো লোক নই। চুরি-চামারি করে পেট চালাতাম। এক সময় অনেকদিন কিছু রোজাগারপাতি হয়নি, এমন সময়ে খবর পেলাম ভবদার বাড়ীতে হাজারখানেক টাকা রয়েছে। সেই রাতেই সিঁদ খুঁড়ে ঢুকলাম। কিন্তু ওই ছেলের জন্য সব ভেস্তে গেল। হতভাগা কিসের আনন্দে যে মাঝরাতে

বিছানা থেকে উঠেছিল কে জানে। আমি ঘরে ঢুকে একদম ছোঁড়ার মুখোমুখি পড়ে যাই। সে আমাকে দেখেই বিকট একটা চিৎকার করে চোখ উল্টে মুচ্ছো গেল। সেই চিৎকারে ভবদা জেগে উঠল। আর আমিও গোটা ব্যাপারটায় এমন ভেবড়ে গেলাম যে পালানোর কথা পর্যন্ত মনে পড়ল না।''

''এই রে! তারপর?''

''তারপর আর কি! ধরা পড়ে গেলাম। টাকা তো হাতে এলই না, উল্টে ভবদা আমাকে বেশ করে জুতোপেটা করে তাড়িয়ে দিল।''

''এ হে! খুবই দুঃখজনক ব্যাপার। কিন্তু সেই ছেলে কি সত্যিই ভূতেদের সঙ্গে যোগাযোগ করতে পারে?''

''আলবাত পারে। ভবদা নিজে তাকে সব মন্ত্র-তন্ত্র শিখিয়েছে। ভবদা যা যা পারত, সে সবই সেই ছেলেও পারে। কিন্তু পারলে কি হবে? ওইসব ভূত ধরা মন্ত্র পড়তেও সে ভয় পায়। ভবদা একবার দুঃখ করে আমায় বলেছিল - আমার ছেলেটা আর মানুষ হল না রে!সব গুণ আছে ওর মধ্যে, কিন্তু ওই ভয়টাই ওকে শেষ করে দিল।''

''ভবতারণবাবু আপনাকে দুঃখ করে এসব বলেছেন? এই যে বললেন তিনি আপনাকে জুতোপেটা করেছিলেন?''

''আহা, সে তো রাগের মাথায়। আর আমারও তো দোষ ছিল, চুরি করতে গেছিলাম। এমনিতে ভবদার সঙ্গে আমার ভালোই সম্পর্ক ছিল। সময় সুযোগ হলে যেতাম তার বাড়ীতে, চাড্ডি সুখ-দুঃখের গল্প করে আসতাম।''

''বাঃ। ভালোই তো। তা, ভবতারণবাবুর ছেলে এই গ্রামেই থাকে তো?''

''হ্যাঁ, বাপের ভীটে ছেড়ে আর কোথায় যাবে?''

‘‘ভবতারণবাবুর বাড়ীটা কোন দিকে একটু বলতে পারবেন?’’

‘‘কেন পারব না? কিন্তু আপনার মতলবটা কি? আপনাদের কাজের জন্য ওই ছেলের সাহায্য নিতে চান?’’

‘‘ভাবছিলাম, চেষ্টা করে দেখলে কেমন হয়।’’

‘‘করুন। তবে কোনো লাভ হবে বলে মনে হয় হয় না। ও এখনও ভূতে ভয় পায়। ধাড়ি ছেলে, সাতাশ বছর বয়স হয়ে গেল, অথচ এখনও রাতের বেলা অন্ধকার রাস্তা দিয়ে হাঁটতে হলে গুন গুন করে রামনাম জপ করে।’’

‘‘তার মানে বলছেন সে আমাদের বন্দী করবে না, আর আমাদের কথাও শুনবে না?’’

‘‘কোনোকালেই না। ভূত বন্দী করতে হলে একটা বড়োসড়ো যজ্ঞ করতে হয়। অনেক মন্ত্র-তন্ত্র পড়তে হয়। ভবদা সবই ওকে শিখিয়েছিলেন, কিন্তু ও সেসবের ধারেকাছেও যায় না।’’

‘‘তাহলে তো মুশকিল। আচ্ছা, কোনোভাবে ছেলেটাকে ওই যজ্ঞ করতে বাধ্য করানো যায় না?’’

‘‘বাধ্য কিভাবে করবেন? আপনি তো ভূত, জড়জগতের কোনো কিছুকেই নিয়ন্ত্রন করার ক্ষমতা আপনার নেই।’’

‘‘তাও বটে। তাহলে তো আর কোনো আশাই রইল না!’’ খুব হতাশ হয়ে একটা মস্ত বড়ো দীর্ঘশ্বাস ফেললেন বটেশ্বর।

সিঁড়িঙ্গে লোকটা একটু ইতস্তত করে বলল, ‘‘আপনাদের দেখে মনে হচ্ছে কোনো মানুষের সাহায্য পেলে সত্যিই আপনাদের উপকার হবে। আমি

আপনাদের একটা গুহ্য খবর দিতে পারি। তবে আপনাদের কথা দিতে হবে যে খবরটা আপনারা আর কাউকে জানাবেন না।''

''কি খবর?''

''ভবদার ছেলের একটা বিশেষ ক্ষমতা আছে, যেটা ভবদারও ছিল না। প্রতি অমাবস্যায় রাত বারোটা থেকে একটা পর্যন্ত সে ভূতেদের দেখতে পায় আর তাদের কথা শুনতে পায়।''

''বলেন কি?''

''ভবদাই আমাকে এই কথাটা বলেছিল। এটাও বলেছিল যে কথাটা পাঁচকান না করতে। কারণ ছেলেটা তো ভূতে ভয় পায়, ওর এই ক্ষমতাটার কথা ভূতেরা জেনে গেলে তারা এসে ওকে ভয় দেখাবে। আমি আজ পর্যন্ত কথাটা কাউকে বলিনি। আপনারা আমাকে কথা দিন, এটা গোপন রাখবেন।''

''অবশ্যই রাখব। আপনি ভীষণ উপকার করলেন আমাদের এই তথ্যটা দিয়ে।''

''উপকার কি হল সেটা বলতে পারব না। ও যা ভীতু ছেলে, আমাকে মাঝরাতে জলজ্যান্ত দেখেই মুচ্ছো গেছিল। চোখের সামনে আস্ত দুটো ভূত দেখলে হয়তো হার্টফেল করে মরেও যেতে পারে।''

''আরে না না, ওরকম বলছেন কেন?''

''ঠিকই বলছি। পরশু অমাবস্যা, ওদিন রাত বারোটার পর আপনারা ওকে ম্যানেজ করতে পারেন কিনা দেখুন। তবে দুম করে ওর সামনে গিয়ে হাজির হবেন না। আড়াল থেকে একটু কথাবার্তা বলে তারপর ধীরেসুস্থে দেখা দেবেন। নইলে বিপদ হতে পারে।''

‘‘ঠিক বলেছেন। সেটাই ঠিক হবে। অনেক ধন্যবাদ আপনাকে।’’

‘‘আগে দেখুন কাজ হয় কিনা, তারপর ধন্যবাদ দেবেন। এখন চলুন, আপনাদেরকে ভবদার বাড়ীটা চিনিয়ে দিই।’’

4

অমাবস্যার রাতে নব খুব তাড়াতাড়ি ঘুমিয়ে পড়ে।

এমনিতে তার বই পড়ার শখ। তার চাকরিও বই নিয়েই। গ্রামের স্কুলের লাইব্রেরিয়ান সে। বিভিন্ন বিষয়ের বিভিন্ন বই নানা জায়গা থেকে সংগ্রহ করা, সেগুলোকে নাম্বারিং করে লাইব্রেরীর আলমারীতে সাজিয়ে রাখা, সেগুলোর নিয়মিত রক্ষণাবেক্ষণ করা - এগুলো শুধু তার পেশা নয়, নেশাও। স্কুলের ছাত্ররা লাইব্রেরীর বই খুব একটা পড়ে-টড়ে না। খেলাধুলোতেই তাদের আগ্রহ বেশী। নব নিজেই সারাদিন লাইব্রেরীতে বসে বই পড়ে বিভোর হয়ে। হেড স্যারের অনুমতি নিয়ে কিছু কিছু বই সে বাড়ীতেও নিয়ে আসে। রাতে খাওয়াদাওয়ার পর বিছানায় শুয়ে বই পড়াটা তার একরকম অভ্যেস হয়ে গেছে। মাঝে মাঝে তো পড়তে পড়তে ঘড়ির দিকে খেয়াল থাকে না। মাঝরাত পেরিয়ে যায়।

কিন্তু অমাবস্যার রাতে বই-টই পড়া মাথায় ওঠে নবর। সেদিন সারাটা দিন সে অস্বস্তিতে থাকে। সন্ধ্যে হলেই রান্না-বান্না সেরে দশটার মধ্যে খেয়েদেয়ে শুয়ে পড়ে। ওই রাতে তার লক্ষ্য যত তাড়াতাড়ি সম্ভব ঘুমিয়ে পড়া। বারোটার পর কোনোভাবেই জেগে থাকা চলবে না। কারণ রাত বারোটার পর সে ভূত দেখতে পায়। প্রতি অমাবস্যার রাতে বারোটা থেকে একটা পর্যন্ত সে অশরীরী আত্মাদের দেখতে পায় আর তদের কথা শুনতে পায়। আর সেখানেই সমস্যা, ভূতে তার সাংঘাতিক ভয়!

নবর এই বিশেষ ক্ষমতাটা প্রকাশ পেয়েছিল তার পাঁচ বছর বয়সে। তার বাবা ভবতারণ সরকার ভূত ধরতেন। ভূতেদের তিনি মন্ত্রবলে বশ করে বোতলের মধ্যে বন্দী করে রাখতেন। ভূত বশ করার জন্য একটা বশীকরণ যজ্ঞ করতে হত তাঁকে। সে এক মহা ভজঘঠ ব্যাপার। যার ভূতকে বশ করতে হবে তার নাম-ধাম-গণ-গোত্র, মাথার চুল, পায়ের নখ এইসব নিয়ে অগ্নিকুন্ডের সামনে বসে মন্ত্র পড়তে হত প্রায় ঘন্টাখানেক। সেই মন্ত্র পড়ারও বিশেষ কায়দা ছিল। ঠিকঠাক পড়তে পারলে তবেই সেই মানুষের আত্মা এসে ধরা দিত। মন্ত্রের বলে বেশ খানিক্ষন অবশ হয়ে থাকত সেই আত্মা। সেই সুযোগে তাকে ধরে বোতলে পুরে ছিপি আটকে দিলেই কাজ

শেষ। তবে সাধারণ বোতল হলে হবে না। সেই বোতলকেও আগে থেকে মন্ত্র পড়ে ভূত পোরার যোগ্য বানিয়ে রাখতে হবে।

এমনিতে ভূতদের দেখতে পেতেন না ভবতারণ। কিন্তু ওই বশীকরণ যজ্ঞের মাধ্যমে যখন যে ভূতকে তিনি বশ করতেন, সেই ভূতের সঙ্গে তাঁর একটা যোগাযোগ তৈরী হয়ে যেত। তারপর থেকে সেই ভূতকে তিনি দেখতেও পেতেন, আর তার কথাও শুনতে পেতেন। যে ঘরে তিনি যজ্ঞ করতেন, তার লাগোয়া একটা গুদাম ঘরে রাশি রাশি বোতল রাখা আছে। সেগুলোকে দেখে খালি বোতল বলে মনে হলেও প্রতেকটার মধ্যেই বন্দী আছে একটা করে ভূত। শুধু ভবতারণ তাদের দেখতে পেতেন।

পাঁচ বছর বয়সে প্রথমবার বাবার যজ্ঞের ঘরে ঢুকেছিল নব। সেটা ছিল অমাবস্যার রাত। তার বাবার রাত একটা থেকে যজ্ঞে বসার কথা। তার আগে তিনি যজ্ঞের জোগাড়যন্ত্র করছিলেন। নব গুদাম ঘরে ঢুকে হঠাৎ বাবাকে জিজ্ঞেস করে, ‘‘এই বোতলগুলোতে কালো কালো কি আছে বাবা?’’

সেই রাতেই আবিস্কৃত হয় নবর এই খালি চোখে ভূত দেখার ক্ষমতা। প্রথমে তার বাবা ভেবেছিলেন সে সর্বদাই ভূত দেখতে পায়। কিন্তু ক্রমশ বোঝা গেল যে তার এই বিশেষ বৈশিষ্ট্যটা শুধু প্রতি অমাবস্যার রাতে বারোটা থেকে একটা পর্যন্তই কার্যকরী থাকে।

নবর এই বিশেষ ভৌতিক ক্ষমতায় তার বাবা খুশী হলেও সে নিজে মোটেই খুশী হয়নি। ভূত-প্রেত তার মোটেই সহ্য হয়না। তাই অমাবস্যার রাতে এই এক ঘন্টা তার কাছে একটা বিড়ম্বনা। ঐ রাতটায় সে যথাসাধ্য চেষ্টা করে বারোটার আগে ঘুমিয়ে পড়তে। তার জন্য আগের দিন সে ভোরবেলা ঘুম থেকে উঠে পড়ে। সারাদিন ইচ্ছে করে বেশী পরিশ্রমও করে, যাতে রাতে চট্ করে ঘুম আসে আর ঘুমটা গাঢ় হয়।

অন্যান্যবার সাড়ে দশটা বা খুব বেশী হলে পৌনে এগারোটার মধ্যে ঘুম এসে যায়। আজ কি হল কে জানে!নব যে ক্লান্ত হয়নি তা নয়। রান্না করতে করতে ঘন ঘন হাই উঠছিল। খেয়ে-দেয়ে শুয়েও পড়েছিল সাড়ে দশটার মধ্যে। কিন্তু ঘুম আর এল না। এপাশ-ওপাশ করতে করতেই কেটে গেল ঘন্টা দেড়েক।

বালিশে মুখ গুঁজে মটকা মেরে পড়েছিল নব। হঠাৎ একটা চাপা গলার আওয়াজ কানে এল, ‘‘ঘুমোলেন নাকি?’’

প্রথমে নব ভেবেছিল তার মনের ভুল। কিন্তু কয়েক সেকেন্ড পরেই আবার স্পষ্ট শোনা গেল গলাটা, ‘‘কি দাদা, ঘুমিয়ে পড়েছেন?’’

‘‘কে?’’ নব ধড়মড় করে উঠে বসল। প্রথমেই চোখ গেল দেওয়াল ঘড়িটায়। বারোটা পাঁচ!

কাঁপা গলায় নব বলল, ‘‘কে কথা বলছেন?’’

‘‘আমাকে আপনি চিনবেন না। আমি এ গ্রামের লোক নই।’’

‘‘কে আপনি? আর কোথা থেকে কথা বলছেন? আমি তো কাউকেই দেখতে পাচ্ছি না।’’

‘‘আমি এই আলমারীটার পেছনে লুকিয়ে আছি।’’

নব ঠাহর করে বুঝল আলমারীর পেছন থেকেই গলার আওয়াজটা আসছে বটে।

‘‘কিন্তু আপনি লুকিয়ে আছেন কেন? আর এবাড়ীতেই বা ঢুকেছেন কেন? চুরিটুরি করার মতলব নাকি? তাহলে আপনাকে আগেই বলে দিই, এবাড়ীতে চুরি করার মতো কিছু নেই। আমি গরীব মানুষ। স্কুলে চাকরি

করে সামান্য কটা টাকা মাইনে পাই। ওই আলমারীটার ভেতরে খুঁজলে কিছু টাকা পাবেন। তবে ওই কটা টাকা নিয়ে ছুঁচো মেরে হাত গন্ধ করা ছাড়া আর কিছু হবে না।''

''আরে না না। চুরি করতে যাব কেন? আমি চোর নই। আপনার সঙ্গে একটু কথা বলার ছিল।''

''কথা? কথা বলার জন্য আপনি মাঝরাতে চোরের মত ঘরে ঢুকেছেন? দিনের বেলা এলেই তো পারতেন।''

''দিনের বেলা আসার একটু অসুবিধা ছিল। আপনার কি এখন খুব অসুবিধা? আমি বেশী সময় নেব না।''

''না, অসুবিধা তেমন কিছু নেই। কিন্তু আপনি কি লুকিয়ে লুকিয়েই কথা বলবেন? সামনে আসুন। আলো জ্বালি।''

''সামনে আসার একটু অসুবিধা ছিল। আসলে আমাকে দেখতে খুব একটা ভালো নয়। এখান থেকেই নাহয় কথা বলি। আলো জ্বালারও দরকার নেই।''

কথাটা কেমন সন্দেহজনক শোনাল নবর কানে।

''আপনি ঠিক কে বলুন তো? মাঝরাতে ঘুম ভাঙিয়ে কথা বলতে চাইছেন। এদিকে সামনে আসতে চাইছেন না। ব্যাপার কি?''

''ওই যে বললুম। একটা খুব জরুরী বিষয়ে আপনার সঙ্গে কথা বলা দরকার।''

''কি বিষয়?''

''বিষয়টা হল ভূত।''

''ভূত!'' নবর শিড়দাঁড়া দিয়ে একটা ঠান্ডা স্রোত নেমে গেল। আমতা আমতা করে সে বলল, ''ভূ-ভূত নিয়ে আবার কি কথা?''

''আপনি ওরকম তোতলাচ্ছেন কেন? ভূতে ভয় পান নাকি?''

''না মানে, ওই আর কি!''

''সে কি? ভূত্রাস ভবতারণের ছেলে হয়ে আপনি ভূতে ভয় পান? তাহলে আমার কাজটা হবে কিকরে?''

''কাজ মানে? কি কাজ?''

''আসলে আপনার বাবাকে দিয়েই কাজটা করাব বলে এসেছিলাম। এখানে এসে শুনলাম তিনি গত হয়েছেন। তাই ভাবলাম যদি আপনি সদয় হয়ে কাজটা উদ্ধার করে দেন। কিন্তু ভূতে ভয় পেলে তো সেটা হবে না।''

''কাজটা কি?''

''কাজটা ভূত নিয়েই। আমাদের গ্রামের একটা ছেলে মারা গেছে। শ্রাদ্ধ হয়নি বলে তার আত্মাও মুক্তি পায়নি, ভূত হয়ে ঘুরছে। আমি জানি যে একটা মেয়ের সঙ্গে ছেলেটার সম্পর্ক ছিল, তাদের বোধহয় একটা অবৈধ বাচ্চাও হয়েছিল। কিন্তু সেই মেয়ে আর তার বাচ্চা কোথায় সেটা শুধু সেই ছেলেটাই জানে। আপনি তো ভূতেদের বশ করে তাদের সঙ্গে কথা বলতে পারেন। যদি ছেলেটার ভূতের কাছ থেকে ওই মেয়েটার ব্যাপারে খোঁজ নিয়ে দেন তো বড্ড উপকার হয়।''

''আপনাকে কে বলল যে আমি ভূতেদের বশ করতে পারি? ওসব আমার বাবা পারত।''

''আপনার বাবা আপনাকে শেখাননি?''

''না। আমি শিখতেও চাইনি কোনোদিন। ওসব ভূত বশ করা-টরা আমার দ্বারা হবে না। মাফ করুন।''

''আপনি কোনোভাবেই ভূতেদের সঙ্গে যোগাযোগ করতে পারেন না? আপনার বাবা কোথাও লিখে-টিখে রেখে যাননি কিভাবে কি করতে হয়? একটু খুঁজে দেখুন না। এ কাজটা করে দিলে ছেলেটা মুক্তি পেত।''

''আমার পক্ষে কাউকে মুক্তি দেওয়া সম্ভব নয়। আমি নিজেই ভূতে ভয় পাই, বললাম তো আপনাকে।''

''কিন্তু কেন? আপনার বাবা ভূত ধরতেন। আপনি ছোটবেলা থেকে ভূত দেখে বড় হয়েছেন। তা সত্বেও ভয় পান কেন?''

''ভূত দেখে বড় হয়েছি মানে? আমি কোনোদিন ভূত-টুত দেখিনি।''

''সে কি? যেটা কোনোদিন দেখেননি সেটাকে ভয় পান? এটা কিকরে হয়?''

''কিকরে হয় জানিনা। মোদ্দা কথা, ভয় পাই।''

''আপনার কি মনে হয় ভূত মানেই একটা ভয়ঙ্কর জিনিস? যাকে পাবে তারই ঘাড় মটকাবে?''

''হতে পারে।''

''এটাই তো ভুল ধারণা আপনার। যে মানুষ খারাপ, সে মরে ভূত হলেও খারাপই থাকে। কিন্তু একজন ভালোমানুষ যদি মরে ভূত হয়, তার ভূতটা

কি খারাপ হয়? সেটা তো ভালো ভূতই হয়। এই যে ছেলেটা। পাকেচক্রে মরে ভূত হয়ে গেছে, মুক্তি পাচ্ছে না। এখন আমাদের কি উচিত নয় তাকে সাহায্য করা? আর আপনার মতো লোকেরা সাহায্য না করলে আর কে করবে বলুন?''

''আমি কি করব? বাবা বেঁচে থাকলে হয়তো আপনাকে সাহায্য করতে পারত।''

''আমিও তাই ভেবেই এসেছিলাম। কিন্তু আপনার বাবা যখন মারা গেছেন, তখন আপনিই আমার শেষ ভরসা।''

''আমার ওপর ভরসা করে লাভ নেই। আপনাকে তো বললাম আমি ভূতেদের বশ-টশ করতে পারি না। আপনি খুঁজে দেখুন অন্য কেউ পারে কিনা।''

''অন্য কেউ? এটা কি গাছ থেকে আম পাড়া নাকি? ভূতেদের সঙ্গে যোগাযোগ করার ক্ষমতা লাখে একজনের থাকে।''

''সেই ক্ষমতা আমার বাবার ছিল। আমার নেই। আমাকে মাফ করুন।''

আলমারীর পেছনে লোকটা একটা দীর্ঘশ্বাস ফেলে বলল, ''দেখুন নবতারণবাবু, আপনি যদি সাহায্য না করতে চান তাহলে আমার কিছু করার নেই। শুধু একটা কথা বলুন, এই যে আপনি আমার সঙ্গে কথা বলছেন, আপনার কি মনে হচ্ছে আমাকে ভয় পাবার কোনো কারণ আছে?''

''আপনাকে? আপনাকে ভয় পাবার কথা উঠছে কেন?''

''যদি বলি যে আমি একজন ভূত?''

''আপনি ভূত?''

''আজ্ঞে হ্যাঁ, আর আমিই আপনার সাহায্য চাইতে এসেছি। আমার নিজের শ্রাদ্ধের জন্য।''

একটা কাষ্ঠ হাসি হেসে নব বলল, ''একটু আগে আপনার গ্রামের কোন ছেলেকে ভূত বলছিলেন, এখন নিজেই ভূত হয়ে গেলেন? আর আপনি যদি ভূতই হবেন, তাহলে আমার সঙ্গে কথা বলছেন কিকরে? আপনি জানেন না সাধরণ মানুষ ভূতেদের কথা শুনতে পায় না?''

''সেটা আমি জানি। আর আমি এটাও জানি যে আপনি সাধারণ মানুষ নন। আপনার অমাবস্যার রাতের এই বিশেষ ক্ষমতাটার কথা আমি শুনেছি। তাই অনেক আশা নিয়ে এসেছি, যদি আপনি একটু সাহায্য করেন। আপনি ভয় পেতে পারেন বলে এতক্ষণ আড়াল থাকে আপনার সঙ্গে কথা বলছি। যদি অভয় দেন তো সামনে আসব।''

নবর পেটের ভেতরটা কেমন গুড়গুড় করে উঠল! ঢোক গিলে শুকনো গলায় সে বলল, ''আপনি সত্যিই ভূত নাকি?''

খানিকটা কালো ধোঁয়া বেরিয়ে এল আলমারীর পেছন থেকে। ঘরের মাঝখানে এসে নবর চোখের সামনে সেই ধোঁয়াটা একটা মানুষের আকার নিল। তারপর তার মুখ থেকে কথা শোনা গেল, ''আপনাকে মিথ্যে কথা বলার জন্য মাফ চাইছি, কিন্তু প্রথমেই ভূত বলে পরিচয় দিলে হয়তো আপনি আর কথাই বলতেন না। আমাদের খুব বিপদ। আমি আর আমার বাবা দুজনেই ভূত হয়ে ঘুরছি, কারণ আমাদের শ্রাদ্ধ হয়নি। আমার একটা সন্তান আছে, যে আমাদের শ্রাদ্ধ করতে পারে। কিন্তু তাকে আমরা খুঁজে পাচ্ছি না। আপনি যদি তাকে খুঁজতে আমাদের সাহায্য করেন, তাহলেই আমরা মুক্তি পাব। আমরা আপনার কোনো অনিষ্ট করতে চাই না। শুধু আপনাকে অনুরোধ করছি আমাদের সাহাযা করার জন্য। আপনি যদি রাজী থাকেন তাহলে সামনের অম্যবস্যার রাতে আমরা আবার আপনার সঙ্গে কথা বলব।

আর আপনি যদি আমাদের ব্যাপারে খোঁজখবর নিতে চান, তাহলে বলি, আমার নাম যজ্ঞেশ্বর মাইতি। ডাকনাম জগা। আমার বাবার নাম বটেশ্বর মাইতি। আমরা পলাশপুর গ্রামে থাকতাম। গ্রামে আমাদের কোনো আত্মীয় নেই, কিন্তু আমাদের নাম বললে গ্রামের লোক চিনতে পারবে। দয়া করে আমাদের এই উপকারটা করে দিন।''

একনাগাড়ে কথাগুলো বলে কালো ধোঁয়াটা সাঁই করে জানালা দিয়ে বেরিয়ে গেল।

গোটা ভৌতিক বক্তৃতাটা নব শুনল বিছানায় কাঠ হয়ে বসে। ভূতটা চলে যাবার পরও কয়েক সেকেন্ড স্তব্ধ হয়ে বসে রইল সে। তারপর হঠাৎ তার মাথাটা একটা চক্কর খেল, চোখের সামনে সর্ষেফুলের মতো কি যেন দেখতে পেল কয়েকটা! আর কিছু মনে নেই।

আবার যখন চোখ মেলে তাকাল নব, তখন সকাল। বাইরে ঝলমলে রোদ।

সকালটা নবর বেশ ব্যস্ততার মধ্যেই কাটে রোজ। প্রাতরাশ সেরে দু-বেলার রান্না করে নেয় সে, কারণ স্কুল থেকে ফিরে আবার রান্না করতে ইচ্ছে করে না। একবারে সারাদিনের রান্না সেরে স্নান-খাওয়া করে তৈরী হয়ে সাড়ে দশটায় স্কুল। স্কুল যদিও দূরে নয়, সাইকেলে মোটে দশ মিনিট লাগে।

সকালে উঠে নব রোজের মতোই সব কাজ সেরে দশটা পঁচিশে স্কুলে ঢুকে গেল। কিন্তু সবকিছুই করল অন্যমনস্ক হয়ে। স্কুলেও সারাদিন তার মাথায় ঘুরতে লাগল রাতের ঘটনাটা। ওটা কি স্বপ্ন ছিল? কিন্তু স্বপ্ন তো এত স্পষ্টভাবে মনে থাকে না। সে আগেও স্বপ্ন দেখেছে। ভূতের স্বপ্নই দেখেছে একাধিকবার। ঘুম থেকে ওঠার কিছুক্ষনের মধ্যেই সেসব স্বপ্ন ফিকে হয়ে গেছে তার স্মৃতিতে। অথচ কালকের ঘটনাটা মাথায় একদম ঝকঝক করছে। ভূতটা যা যা বলেছিল সেগুলো তো মনে আছেই, ভূতটার নাম আর গ্রামের নামটা পর্যন্ত মনে আছে। তাহলে কি ওটা স্বপ্ন নয়? সত্যিই ঘটেছে ঘটনাটা? তাই বা কিকরে হয়? নব যে অমাবস্যার রাতে ভূত

দেখতে পায় সেটা তো শুধু তার বাবা জানত। বাবা মরে যাবার পর এখন দুনিয়ার দ্বিতীয় কোনো ব্যক্তির এটা জানার কথা নয়। অথচ ভূতটা বলল সে নাকি নবর এই ক্ষমতাটার কথা শুনেছে। কার কাছে শুনেছে?

এর পর তিন দিন বেশ মানসিক অস্থিরতার মধ্যে কাটল নবর। একবারের জন্যও সেই রাতের ঘটনাটাকে মন থেকে সরাতে পারল না। আর তিন দিন বাদেও যখন সে দেখল যে গোটা ব্যাপারটাই তার পরিষ্কারভাবে মনে আছে, তখন সে বুঝে গেল যে ওটা স্বপ্ন ছিল না।

পলাশপুর থেকে কয়েকটা ছেলে তাদের স্কুলে পড়তে আসে। নব টিফিনের সময় ক্লাস ফোরের একটা ছেলেকে একটু তফাতে ডেকে নিয়ে গেল খোঁজখবর নেওয়ার জন্য। যজ্ঞেশ্বর নামটা শুনে ছেলেটা প্রথমে চিনতে পারেনি। 'জগা' বলায় একবারে চিনল, ''হ্যাঁ স্যার। জগাদা তো ছিল আমাদের গ্রামে। গত মাসে মরে গেছে।''

''তার বাড়ীতে আর কে কে আছে রে?বউ বা ছেলেপুলে?''

''কেউ নেই স্যার। আগে জগাদা আর ওর বাবা থাকত। জগাদার বাবা মরে গেছে অনেকদিন হল। সেই থেকে জগাদা একাই থাকত। বউ-টউ নেই।''

''ও। তাহলে মরে যাবার পর ওর সৎকার করল কে?''

''জগাদা যে মরে গেছে সেটাই তো প্রথমে জানা যায়নি। জগাদার বাড়ীটা গ্রামের এক কোণে। আমাদের পাড়ার বিশুকাকা গরু খুঁজতে ওদিকে গিয়ে পচা গন্ধ পেয়ে লাশ খুঁজে বের করে। তারপর চাঁদা তুলে ডোম ডেকে পুড়িয়ে দেওয়া হয়েছে।''

''আচ্ছা, মানে শ্রাদ্ধশান্তি কিছু হয়নি?''

''না স্যার। ওদের তো কেউ নেই। শ্রাদ্ধ কে করবে? কিন্তু আপনি জগাদাকে কেন খুঁজছেন স্যার? আপনিও ওর কাছে টাকা পান নাকি?''

''না তো। টাকা পাব কেন?''

''জগাদা সবার কাছে টাকা ধার করে বেড়াত। কাউকে টাকা ফেরৎ দিত না। তাই নিয়ে সবাই ওর ওপর চটে ছিল। আমার বাবার কাছেও দুবার টাকা চাইতে এসেছিল। বাবা বকে-ঝকে তাড়িয়ে দিয়েছে।''

''ও। না না, আমার কাছে থেকে টাকা ধার নেয়নি। আসলে আমার পরিচিত একজন সেদিন ওর কথা জানতে চাইছিল, তাই আমি ভাবলাম তোর কাছে খবর নিই। ঠিক আছে, তুই যা।''

পরদিন স্কুল ছুটি ছিল। স্কুলের যিনি প্রতিষ্ঠাতা, তাঁর মৃত্যুদিন উপলক্ষ্যে। সেদিন সারাদিন বাড়ীতে বসে ভাবল নব। ভূত জিনিসটাকে বরাবরই একটা ভয়াবহ কিছু ভেবে এড়িয়ে চলত সে। তার বাবাও ভূত সম্পর্কে খুব একটা ভালো ধারণ পোষণ করতেন না। তিনি মনে করতেন লোকে মরার পর মুক্তি না পেয়ে ভূত হয় পাপ করার ফলে। সেই পাপী লোকেদের আত্মা কোনোদিন ভালো হতে পারে না। সুতরাং সেইসব আত্মার সংসারে ঘুরে বেড়াবার কোনো অধিকার নেই। তিনি মন্ত্র পড়ে ভূত বশ করেতে পারেন, ভগবান তাঁকে এই বিশেষ ক্ষমতাটা দিয়েছে চারপাশের পাপী ভূতগুলোকে বন্দী করে সংসারের উপকার করার জন্য। সেই চিন্তাভাবনা থেকেই তিনি ভূত ধরে ধরে বোতলে পুরতেন। বাবার এই মানসিকতা ছোটবেলা থেকেই একটা ভয় ঢুকিয়ে দিয়েছিল নবর মনে।

কিন্তু সেদিন রাতে যেটা ঘটল সেটা তো হিসেবে মিলছে না! একটা ভূত নবর ঘরে ঢুকে অত্যন্ত ভদ্রভাবে তার সঙ্গে কথা বলল। মুক্তি পাবার জন্য বিনীতভাবে তার সাহায্য চাইল শুধু। ভয় দেখানো তো দূরে থাক, জোরাজোরি পর্যন্ত করল না। এমনকি সে ভয় পেতে পারে বলে তার সামনে পর্যন্ত এলনা অনেক্ষণ। এ কেমনধারা ভূত?

ভূতটা আবার বলছিল শ্রাদ্ধ হয়নি বলে তার বাবাও নাকি মুক্তি পায়নি। নাই হতে পারে। স্কুলের ছেলেটাও তো বলল যে ওই জগা নাকি সবার কাছে টাকা ধার করত, সেই টাকা শোধ করতে পারত না। তার মানে তার অবস্থা নিশ্চয়ই খুব খারাপ ছিল। সেই অবস্থায় বাবার শ্রাদ্ধ না করাটাই স্বাভাবিক। সুতরাং জগার বাবা মুক্তি পায়নি অর্থের অভাবে, পাপ করার জন্য তো নয়! আর জগা মুক্তি পায়নি বিয়ে করেনি বলে। সেটাও অর্থাভাবে।

তাহলে কি ভূত্রাস ভবতারণের চিন্তাভাবনা ভুল? আর নবর ভূতে ভয় পাওয়াটাও ভিত্তিহীন?

সারাদিন ধরে নিজের মনের সঙ্গে বিস্তর লড়াই করল নব। রাতে খেতে খেতে মনে হল ব্যাপারটার একটা হেস্তনেস্ত করা দরকার। আর সেটা করতে গেলে জগার ভূতের সঙ্গে আবার কথা বলতে হবে।

সামনের অমাবস্যায় জগার ভূত আবার আসবে বলেছে, কিন্তু অমাবস্যার তো এখনো অনেক দেরী। ততদিন তো এই মানসিক দ্বন্দ্ব সহ্য করা সম্ভব নয় নবর পক্ষে। একটা উপায় আছে অবশ্য। বাবার ভূত-বশীকরণ মন্ত্র। তার আট বছর বয়স পর্যন্ত বাবা নিরন্তর চেষ্টা চালিয়ে গেছিল তাকে সব মন্ত্র-তন্ত্র শিখিয়ে ভবিষ্যতের ভূত্রাস বানানোর জন্য। তার তীব্র অনিচ্ছা আর ভূতে ভয় শেষমেষ বাবাকে কৃতকার্য হতে দেয়নি। কিন্তু পাঁচ থেকে আট - এই তিন বছরে প্রায় কয়েকশোবার বাবার সঙ্গে বাধ্য হয়ে যজ্ঞে বসার ফলে বশীকরণ মন্ত্র বা যজ্ঞের নিয়মকানুন সবই তার জানা। বশীকরণ যজ্ঞের দুটো ধাপ আছে। কোনো লোকের ভূতকে বশ করতে হলে সেই লোকের বিষয়ে অনেক তথ্য লাগে। সেটা দ্বিতীয় ধাপ। কিন্তু কারোর ভূতকে টেনে এনে সেই ভূতের সঙ্গে যোগাযোগ স্থাপন করাটা হল প্রথম ধাপ। সেটা করতে শুধু মৃত ব্যক্তির নাম আর মৃত্যুর স্থান হলেই চলে। আর জগার ভূতএই দুটো তথ্যই সেই রাতে দিয়ে গেছে।

বাবা মারা যাবার পর থেকে বাবার যজ্ঞের ঘর তালাবন্ধ ছিল। রাতে খেয়ে উঠে নব সেই তালা খুলল। ঘরের মাঝখানে আগুন জ্বালাবার জায়গা, এক পাশে রাখা যজ্ঞের সব সরঞ্জাম। ঘরের এক কোনে গুদাম ঘরের দরজা, যেখানে সারি সারি বোতলে বন্দী আছে অসংখ্য ভূত।

অগ্নিকুন্ডে আগুন জ্বলল প্রায় তিন বছর বাদে। জরুরী সব সরঞ্জাম সাজিয়ে নিয়ে নব আগুনের সামনে আসন পেতে বসল। খালি গা, পরনে কাচা ধুতি, গলায় রুদ্রাক্ষের মালা, কপালে লাল তিলক। একে দেখে সহজে লাইব্রেরীয়ান নবতারণ বলে চেনা যায় না। জীবিত অবস্থায় এই দৃশ্যটা দেখতে পেলে দারুণ খুশী হতেন ভূত্রাস ভবতারণ, সন্দেহ নেই।

দুরু দুরু বুকে মন্ত্র পড়তে শুরু করল নব!

5

ভূত হয়ে জগার যেমন আর খিদে-তেষ্টা পায় না, তেমনি ঘুমও পায় না। সারাদিন-সারারাত সে জেগে থাকে। প্রথম দিকে ফুর্তি যখন বেশী ছিল, রাত বিরেতে এদিক ওদিক ঘুরে বেড়াত। এখন আর ভালো লাগে না। তার মাথায় শুধু একটাই চিন্তা, মুক্তি পাওয়া। যে রাতে নবকে দেখা দিয়ে কথা বলে এল, সেদিন থেকে তারা সরষেপুরের জঙ্গলেই আছে। জগা রোজ দুবার করে গিয়ে দেখে আসে নবর মধ্যে কোনো পরিবর্তন হল কিনা। এখনো তেমন কিছু চোখে পড়েনি। তবে জগার বিশ্বাস, নব তাদের সাহায্য করতে রাজী হবে।

জঙ্গলের ভেতরে একটা বড়ো বাঁশঝাড়ের মধ্যে সারাদিন ঘাপটি মেরে বসে থাকেন বটেশ্বর। জগা দিনের বেলা এদিক-ওদিক ঘুরে বেড়ায়। রাতে বাঁশঝাড়ে ফিরে আসে।

আজ গ্রামের স্কুল ছুটি ছিল। নব সারাদিন বাড়ীতেই ছিল। জগা সকাল-বিকেল দুবার তার বাড়ীতে গিয়ে তাকে লক্ষ্য করেছে। ছেলেটা সারাদিন খুবই অন্যমনস্ক আর গম্ভীর। কে জানে কি ভাবছে।

নবকে দেখে এসে বাঁশঝাড়ে ঢুকে উদাস হয়ে বসে নিজের অদৃষ্টের কথা ভাবছিল জগা। আচমকা টের পেল টানটা।

প্রথমটায় জগা বুঝতে পারেনি। আপনমনে নানা কথা ভাবছিল। হঠাৎ খেয়াল হল ভাসতে ভাসতে বাঁশঝাড়ের বাইরে বেরিয়ে এসেছে। নিজেরই ভুল ভেবে আবার ভেতরে ঢুকতে গিয়ে কেমন একটা বাধা পেল। খুব বেশী বাধা নয়, কিন্তু যেমন সহজে সে ভেসে বেড়ায়, ততটা সহজে ভাসতে পারছে না।

ঝাড়ের ভেতর ঢোকার একটু বাদেই জগা টের পেল সে আবার বাইরে বেরিয়ে যাচ্ছে। আর এবার সে এটাও বুঝল কিছু একটা তাকে টানছে। সেই টানেই বাইরের দিকে চলে যাচ্ছে সে।

এরকম ঘটনা জগার ভূত-জীবনে আগে ঘটেনি। সে ঘাবড়ে গিয়ে চেঁচিয়ে উঠল, ‘‘ও বাবা গো!’’

বটেশ্বর চোখ বুজে অনেকটা ধ্যানস্থ হয়ে ছিলেন। বেজায় বিরক্ত হয়ে বললেন, ‘‘কি হলটা কি? ষাঁড়ের মত চ্যাঁচাচ্ছিস কেন রাত দুপুরে?’’

‘‘কিসে যেন টানছে!’’

‘‘মানে?’’

‘‘আমাকে কিছু একটা টানছে। টেনে নিয়ে যাচ্ছে।’’

‘‘কে আবার টানবে তোকে? কার খেয়ে দেয়ে কাজ নেই? অন্য কোনো ভূত?’’

‘‘জানি না। কাউকে তো দেখছি না। শুধু একটা টান বুঝতে পারছি। বাইরের দিকে টানছে আমাকে।’’

‘‘কি যে বলিস কোনো মাথামুন্ডু নেই! কেউ নেই তো টানবে কে?তুই তো নিজেই বাইরে বেরিয়ে যাচ্ছিস।’’

‘‘আরে না, আমি নিজে বেরোতে যাব কেন? আমাকে টেনে নিয়ে যাচ্ছে। তুমি কিছু টের পাচ্ছ না?’’

‘‘কি টের পাব?’’

‘‘কোনো টান?’’

‘‘না। আমার তো আর ভীমরতি ধরেনি, তাই কিছু টের পাচ্ছি না।’’

''আরে সত্যি বলছি, বাইরে থেকে কিসে যেন টানছে।''

''এই মাঝরাতে মস্করা ভালো লাগছে না জগা! এখানে থাকতে হলে চুপচাপ থাক, নয়তো বিদেয় হ।''

বটেশ্বর কোনোকালেই জগার কোনো কথায় পাত্তা দিতেন না। ভূত হবার পর তো আরোই দেন না। তাই জগা আর কথা বাড়াল না। কিন্তু টানটা কোথা থেকে আসছে সেটা জানা দরকার। জগা নিজেকে ছেড়ে দিল। হালকা টানটা তাকে টেনে নিয়ে চলল জঙ্গল থেকে গ্রামের ভেতর দিকে।

গ্রামের ভেতর দিয়ে ভাসতে ভাসতে কখন যে ভূত্রাস ভবতারণের বাড়ীর সামনে চলে এসেছে সেটা জগা খেয়ালই করেনি। বুঝতে পারল ভবতারণের যজ্ঞের ঘরে ঢুকে। নবর সঙ্গে কথা বলার আগের দিন একবার এই ঘরটায় ঢুকেছিল জগা। নিছক কৌতূহলবশে। অনেকদিনের অব্যবহৃত ধুলো পড়া ঘরটা দেখে আলাদা কিছু মনে হয়নি। কিন্তু এখন সে ঘরের রূপ বদলে গেছে। অগ্নিকুন্ডে দাউ দাউ করে আগুন জ্বলছে, আর তার সামনে বসে চোখ বুজে মন্ত্র পড়ছে এক তান্ত্রিক।

জগাকে অগ্নিকুন্ডের সামনে এনে টানটা মিলিয়ে গেল। পরক্ষনেই আগুনের শিখাটা কেমন দপ্ করে উঠল আর সঙ্গে সঙ্গে সেই তান্ত্রিক এক মুঠো কি যেন একটা নিয়ে আগুনে ছুঁড়ে দিল। তাতে গোটা ঘরটা কিছুক্ষনের জন্য একটা বাদামী ধোঁয়ায় ভরে গেল, আর জগার মাথাটা ঝিমঝিম করে উঠল।

ধোঁয়া কেটে যাবার পর তান্ত্রিক কথা বলল, ''কে এসেছেন?''

জগা এতক্ষন তান্ত্রিককে ভালো করে খেয়াল করেনি। গলাটা চেনা চেনা লাগায় তাকিয়ে দেখে সে অবাক।

''নবতারণবাবু নাকি?''

ভূতের গলা শুনে নবর বুকটা একটু কেঁপে উঠল। চোখ বুজেই সে বলল, ‘‘কে, যজ্ঞেশ্বরবাবু?’’

‘‘আপনি আমার কথা শুনতে পাচ্ছেন? কিন্তু আজ তো অমাবস্যা নয়।’’

‘‘জানি। আসলে আমি মন্ত্র পড়ে আপনার সঙ্গে যোগাযোগ স্থাপন করেছি। এখন আমি আপনাকে দেখতেও পাব।’’

‘‘দেখতেও পাবেন? আরিব্বাস! তাহলে চোখ বুজে আছেন কেন?’’

‘‘সত্যি কথা বলতে, চোখ খুলতে ভয় পাচ্ছি। আপনাকে দেখে যদি আবার ভিরমি খাই!’’

‘‘ভিরমি খাবেন কেন? একবার তো দেখেছেন আমাকে।’’

‘‘সে তো অন্ধকার ঘরে আবছা আলোয়। এতটাই ভয় পেয়েছিলাম যে ভালো করে দেখতেও পাইনি। আচ্ছা, আপনাকে দেখতে কি খুব ভয়ঙ্কর?’’

‘‘না, ঠিক ভয়ঙ্কর নয়। আমার শরীরটা আসলে ধোঁয়া ধোঁয়া। কালো ধোঁয়া দিয়ে মানুষের অবয়ব তৈরী হলে যেরকম দেখতে লাগে, সেইরকম।’’

‘‘ও। তাহলে চোখ খুলব?’’

‘‘খুলুন। ভয় নেই।’’

নব এবার পিটপিট করে তাকাল। সামনে ভাসমান জগার দিকে বেশ খানিক্ষণ তাকিয়ে রইল একদৃষ্টে।

একটু ইতস্তত করে জগা বলল, ‘‘কি, ভয় লাগছে নাকি?’’

‘‘না।’’ হালকা হাসল নব, ‘‘তেমন নয়।’’

‘‘আপনাকে তো আমি আগেই বলেছিলাম, ভূতেদের ভয় পাবার কোনো কারণ নেই। কিন্তু আপনার ব্যাপারটা কি বলুন তো? আপনি ভূতের মন্ত্র জানেন? সেদিন রাতে যে বললেন আপনার বাবা আপনাকে কিছু শেখাননি?’’

‘‘কথাটা পুরো সত্যি নয়। বাবা আমাকে শেখানোর অনেক চেষ্টা করেছিল। মন্ত্রগুলো শুনে শুনে আমার মুখস্থও হয়ে গেছিল। কিন্তু নিজে কখনও প্রয়োগ করিনি। আজই প্রথম প্রয়োগ করলাম আপনার ওপর।’’

‘‘ও, মানে আপনি আমাকে বশ করলেন?’’

‘‘না না, বশ করিনি। বশীকরণ মন্ত্র অনেক ঝামেলার ব্যাপার। আমি শুধু আপনার সঙ্গে যোগাযোগ স্থাপন করেছি। এখন থেকে আমি সবসময় আপনাকে দেখতে পাব আর আপনার কথা শুনতে পাব।’’

‘‘বাঃ! এ তো অতি চমৎকার ব্যাপার। তার মানে আপনি আমাদের সাহায্য করতে প্রস্তুত?’’

‘‘আমি যে কি করতে কতটা প্রস্তুত সেটা আমি নিজেই জানি না। আপাতত আপনার কাছে আমার একটা প্রশ্ন আছে। আপনি যে সেদিন রাতে বললেন আমার অমাবস্যার ব্যাপারটা আপনি শুনেছেন, কোথা থেকে শুনেছেন?’’

‘‘আপনাদের গ্রামেরই একজন বলেছেন আমাকে। সনাতন চোর।’’

‘‘সনাতন চোর? সেটা আবার কে?’’

''আপনি ওনাকে চেনেন। বেঁচে থাকতে উনি আপনার বাড়ীতে আসতেন। ছোটবেলায় একবার মাঝরাতে ওনাকে চোরের বেশে দেখে আপনি খুব ভয় পেয়ে গেছিলেন। মনে পড়ছে?''

''আমাদের সনাতন কাকা? সেও কি মরে ভূত হয়ে ঘুরছে নাকি এই গ্রামে?মুক্তি পায়নি?''

''না মশাই। শ্রাদ্ধ-টাদ্ধ হয়নি। তার ওপর চুরি করতেন, পাপী লোক। মুক্তি আর কিকরে পাবেন?''

''কিন্তু সনাতন কাকা অমাবস্যার ব্যাপারটা জানল কিকরে?''

''ওনাকে নাকি আপনার বাবাই একদিন এটা বলেছিলেন। তবে আপনার ভয় নেই। উনি কাউকে বলেননি। বলবেনও না। শুধু আমরা খুব বিপদে পড়েছি দেখে দয়া করে আমাদের বলেছেন। আমরাও ওনাকে কথা দিয়েছি যে আর কাউকে এটা জানাব না। আপনার চিন্তা নেই।''

''ও।''

''এবার তাহলে আপনি আমাদের সাহায্য করতে রাজী তো?''

''জানি না আমি আদৌ আপনাদের কোনো সাহায্য করতে পারব কিনা। তবে আপনি যেভাবে ওই রাতে আমাকে একটুও ভয় না দেখিয়ে বিনীতভাবে সাহায্য চাইলেন, তারপর আমার মনে হল চেষ্টা করে তো দেখাই যায়।''

''ভয় কেন দেখাব বলুন তো? আপনাকে ভয় দেখিয়ে আমার তো কোনো লাভ নেই। বরং ক্ষতি।''

''ঠিক কথা। আসলে ভূত সম্পর্কে আমার ছোটবেলা থেকে একটা বাজে ধারণা ছিল। আপনিই প্রথম ভূত যার সঙ্গে আমি কথা বলেছি। আপনার সঙ্গে কথা বলে আমার সেই পুরোনো ধারণাটায় খানিকটা হলেও পরিবর্তন এসেছে। আর এখন আপনাকে দেখে তো ভয়টা আরও কমে গেল।''

''খুব ভালো। ভয় যখন কমেই গেছে তখন আমাদের সাহায্যটা করেই ফেলুন। তাতে আপনারও পুন্য হবে, আর আমরাও মুক্তি পাব।''

''বেশ। তাহলে আপনি আমাকে আরেকবার বলুন তো আপনাকে কিভাবে সাহায্য করতে পারি। আমার যদ্দূর মনে পড়ছে, আপনি বলেছিলেন আপনি আপনার হারিয়ে যাওয়া সন্তানকে খুঁজছেন যে আপনার শ্রাদ্ধ করবে। তাই তো?''

''হ্যাঁ। আমার সন্তান বটে, তবে অবৈধ সন্তান।''

''অবৈধ সন্তানকে দিয়ে নিজের শ্রাদ্ধ করাতে চান? ব্যাপারটা কি?''

গোটা ব্যাপারটা খুলে বলল জগা। বাবার মৃত্যু, সেই শোকে অতিরিক্ত নেশা করে মদের ঠেকের কাজের মেয়ে চম্পার সঙ্গে সম্পর্ক, নিজের ভূত হওয়া, বাবার সঙ্গে আবার দেখা, কালু ডাকাতের ভূতের পরামর্শে ভবতারণ সরকারের খোঁজে সরষেপুরে আসা - কিছুই বাদ দিল না। গোল গোল চোখে হাঁ করে বসে সবটা শুনল নব। কালু ডাকাতের কথা শুনে তো রীতিমতো উত্তেজিত হয়ে পড়ল।

''বলেন কি? সেই ব্রিটিশ আমলের বিখ্যাত কালু ডাকাত? তার ভূত এখনও রয়েছে?''

''শুধু যে রয়েছে তা নয়, আমাদের গ্রামের পাশের জঙ্গলেই ঘাপটি মেরে রয়েছে। তবে উনিও মুক্তি পাবার জন্য ছটফট করছেন। ওনার বংশধর খুঁজে দিয়ে যদি আপনি ওনার আত্মাকে মুক্তি দিতেও একটু সাহায্য করেন

তাহলে খুব উপকার হয়। এটা আপনার কাছে আমার একটা বাড়তি অনুরোধ।''

''ওরেব্বাবা! ওনার আত্মাকে মুক্তি দেব আমি? ভাবতেই কেমন লাগছে!''

''হ্যাঁ, আর সেটা খুবই মহৎ কাজ হবে। ডাকাত হলেও উনি বেশ ভালো লোক ছিলেন। গরীব লোকেদের অনেক দান-ধ্যান করে প্রচুর পুন্যও করেছেন। এরকম একটা লোককে মুক্তি দিলে তো আপনারও পুন্য বাড়বে। তাই না?''

''তা বাড়বে বটে। ওনার বংশধরকে খুঁজতেও আমার আপত্তি নেই। কিন্তু খুঁজে পাওয়াটা খুবই শক্ত। আপনি বলছেন ওনার পাঁচ বছরের নাতিকে শহরের অনাথ আশ্রমে রেখেছিল পুলিশ। সে তো অনেককাল আগের কথা। সেই নাতি হয়তো এখন বেঁচেই নেই। সে আদৌ বিয়ে-টিয়ে করেছে কিনা, করলে তার সন্তান-সন্ততিরাই বা কোথায় আছে - এতদিন বাদে সেসব খবর অনাথ আশ্রমে খোঁজ করে কতটা পাওয়া যাবে সন্দেহ আছে।''

''পাওয়া যেতেও তো পারে।''

''হ্যাঁ, সবকিছুই সম্ভব। আমি চেষ্টা করব। তবে আগে আপনার অবৈধ সন্তানকে খুঁজে বার করা যাক। সেটা অনেকটা সহজ হবে। আর তাকে পাওয়া গেলে তো আপনি আর আপনার বাবা দুজনেই মুক্তি পাবেন, তাই না?''

''হ্যাঁ আমরা দুজনে তো সেই আশাতেই বসে আছি।''

''আপনার বাবাও আপনার সঙ্গে আছেন নাকি?''

''এখানে নেই, ওই জঙ্গলের মধ্যে আছে। আমিও ছিলাম, আপনার মন্ত্র আমাকে এখানে টেনে নিয়ে এল। আচ্ছা, আপনি কি বাবার সঙ্গেও এভাবে

মন্ত্র পড়ে পারমানেন্ট যোগাযোগ করে নিতে পারবেন? তাহলে খুব ভালো হয়।''

''হ্যাঁ, তা পারব। আপনার বাবার নামটা কি যেন বলেছিলেন?''

''বটেশ্বর মাইতি।''

''উনিও ওই পলাশপুর গ্রামেই মারা গেছিলেন তো?''

''হ্যাঁ, একই বাড়ীতে।''

''ঠিক আছে। আমাকে মিনিট তিরিশেক সময় দিন, ওনার সঙ্গেও যোগাযোগ করে ফেলছি।''

''বাঃ! তাহলে আমি বরং গিয়ে বাবাকে ব্যাপারটা বলি। নয়তো আচমকা মন্ত্রের টান খেয়ে ঘাবড়ে যেতে পারে।''

''সেই ভাল।''

6

স্কুলে হেডস্যারের কাছে তিন দিনের ছুটির দরখাস্ত জমা দিল নব।

ছুটি সে বড় একটা নেয় না। একা মানুষ। বন্ধু-বান্ধব নেই বললেই চলে। আত্মীয়-কুটুমও হাতে গোনা কয়েকজন। তাঁরা কেউই এই গ্রামের বাসিন্দা নন। তাঁদের সঙ্গে নবর এমন কিছু খাতিরও নেই, বরং দূরত্বই বেশী। আর সেই দূরত্বের নেপথ্যে তার বাবা ভবতারণ। ওনার ওই ভূত ধরার শখটাকে আত্মীয়রা কেউ খুব একটা ভালো চোখে দেখত না। কেউ কেউ ব্যাপারটা নিয়ে আপত্তিও জানিয়েছিল। ভবতারণ টেঁটিয়া লোক, মুখের ওপর কড়া জবাব দিয়ে দিতেন। সেই করে কাকা আর পিসির বাড়ীর প্রায় সবার সঙ্গেই সম্পর্ক খারাপ হয়ে গেছে নবদের। আর মামার বাড়ীর লোকজন তো মায়ের অকালমৃত্যুর জন্য বাবাকেই দায়ী করে। তাই ছোটবেলা থেকেই নিজের লোকেদের কারোর সঙ্গেই তেমন হৃদ্যতা গড়ে ওঠেনি নবর। তার বাবার মতো তাকেও সবাই এড়িয়েই চলে। ফলে কোনোরকম সামাজিকতা পালন করা বা সেই কারণে ছুটি নেওয়ার দরকারও পড়ে না তার। অনেক ছুটিই জমে গেছে এভাবে।

স্কুলের ছাত্রদের লাইব্রেরীর প্রতি আকর্ষণ নেই বললেই চলে। তিন দিন লাইব্রেরী বন্ধ থাকলে কোনো সমস্যা হবার কথা নয়। তাই নবর ছুটি মঞ্জুর হতেও কোনো সমস্যা হল না। শুধু হেডস্যার হাসিমুখে জিজ্ঞেস করলেন, ''কি ব্যাপার? হঠাৎ তিন দিনের ছুটি? কোথাও বেড়াতে-টেড়াতে যাচ্ছ নাকি?''

ভূত-প্রেত নিয়ে এমনিতেই গ্রামের মানুষের ভয় বা দুশ্চিন্তা বেশী। ভূতের সঙ্গে ওঠাবসা করা লোকজনকেও তারা মোটেই স্বাভাবিকভাবে নেবে না, এটা জানা কথা। নব খুবই শান্তিপ্রিয়, গ্রামের মানুষের চোখে দু-নম্বর 'ভূত্রাস' হয়ে ওঠার কোনো ইচ্ছা তার নেই। এদিকে গ্রামে মোটামুটি সবাই সবার খবর রাখে। এই যে নব শহরে যাতায়াত করবে, এটাও হেডস্যারের অজানা থাকবে না। কাজেই মিথ্যে বলেও লাভ নেই। তাই সে অর্ধেকটা সত্যি বলল।

‘‘না স্যার, বেড়াতে আর কোথায় যাব। শহরে যেতে হবে একটু কাজে।’’

‘‘শহরে?নতুন চাকরি-বাকরি খুঁজছ নাকি? তাহলে স্কুল ছাড়ার আগে আমাকে আগাম জানিও, আমাকেও তো নতুন লাইব্রেরিয়ান দেখতে হবে।’’

‘‘কি যে বলেন স্যার। নিজের গ্রামে এই সুখের চাকরি, এটা কেউ ছাড়ে? ওসব কিছু নয়। আসলে শহরে খান দুয়েক জায়গা থেকে আমার বাবা কিছু টাকা পায়। আমি এতদিন জানতাম না, গত রবিবার সিন্দুক পরিষ্কার করতে গিয়ে কয়েকটা দলিল পাই। সেইগুলো নিয়েই যাব, যদি টাকাগুলো পাওয়া যায় তো ভালোই। আসলে এইসব ব্যাপারে তো একটু লেগে থাকতে হয়, তাই তিন দিনের ছুটি নিয়ে নিলাম। যদি এক দিনে কাজ মিটে যায় তো আমি পরশুই স্কুলে জয়েন করব।’’

‘‘না না, টাকাপয়সার ব্যাপার খুব জরুরী। ওটা মিটিয়ে নাও। স্কুল তো আছেই।’’

বানিয়ে বানিয়ে মিথ্যে বলায় নব একেবারেই পটু নয়। তার বাবার এই শহরে টাকা পাবার গল্পটাও তার মাথা থেকে বেরোয়নি। এসব গপ্পাবাজি জগার মাথাতেই খেলে ভালো। বেঁচে থাকতে নিয়মিত অন্যের কাছে টাকা ধার চাইতে হত তো, একেক সময় একেকজনকে একেকরকম গল্প দিতে হত। তাই নব বা বটেশ্বরের যখন মাথাতেই আসছিল না কিবলে ছুটি নেওয়া যায়, তখন জগা দু-মিনিটে এই গল্পটা বানিয়ে দিয়েছে।

শুধু নবর ছুটির গল্প নয়, নিজের অবৈধ সন্তানের খোঁজ নেবার জন্য প্রাথমিক ভুজুংটাও জগাই বাৎলে দিয়েছে নবকে। সেই মতোই নব রবিবার গেছিল জগার গ্রামের ওই মদের ঠেকে।

‘‘চম্পা? সেটা আবার কে?’’

‘‘আমি যদ্দূর শুনেছি, আপনার এখানেই কাজ করে মেয়েটি।’’

"না তো। ওই নামে কোনো মেয়ে এখানে কাজ করে না। মাসখানেক হল একটা মহিলা বাসন মাজে এখানে, তার নাম আমরা কেউ জানি না। রতনের বৌ বলে ডাকে সবাই। তার কথা বলছেন কি?"

"না মহিলা নয়। একটি কম বয়সী মেয়ে। আর সে বোধহয় অনেকদিন ধরেই আপনার এখানে কাজ করছে।"

এরপর জগার কথামতো খানিক বর্ণনা দেওয়ায় চম্পাকে মনে পড়ল ঠেকের মালিকের।

"ও হ্যাঁ, চম্পা। মনে পড়েছে। কিন্তু সে তো বহুদিন হল কাজ ছেড়ে দিয়েছে।"

"তাই নাকি?তাহলে ওর বাড়ীটা কোথায় বলতে পারবেন?"

"কি জানি মশাই। শুনেছি পাশের গ্রাম থেকে আসত। কোন গ্রাম তা জানি না। আমি কাজ করাই পয়সা দিই। তার বেশী কিছু খবর রাখি না। আশেপাশের দু-একটা গ্রাম খুঁজে দেখুন পান কিনা মেয়েটাকে।"

সকাল সাড়ে দশটা নাগাদ ঐ ঠেকে গেছিল নব। সারা দুপুর-বিকেল ধরে তিনটে প্রতিবেশী গ্রাম খুঁজে সন্ধ্যেবেলায় পাওয়া গেল চম্পার বাড়ী। তালাবন্ধ একটা অন্ধকার পুঁচকে ঘর, কেউ থাকে-টাকে বলে মনে হয় না। বার দুয়েক ডাকাডাকি করতে উল্টোদিকের বাড়ী থেকে একটা ছোকরামতো লোক বেরিয়ে এল।

"কাকে খুঁজছেন?"

"চম্পাকে। এটা চম্পার বাড়ী তো?"

‘‘হ্যাঁ, কিন্তু ওবাড়ীতে তো কেউ থাকে না।’’

‘‘থাকে না মানে?’’

‘‘চম্পা আর এখানে থাকে না। অনেকদিন হল গ্রাম ছেড়ে চলে গেছে।’’

‘‘চলে গেছে? কোথায়?’’

‘‘সেটা বলতে পারব না।’’

‘‘কোথায় গেছে কিছু জানিয়ে যায়নি?’’

‘‘না। ওর সঙ্গে আমাদের কারোর তেমন কথাবার্তা ছিল না।’’

‘‘কেন?’’

‘‘মেয়েটা কারোর সঙ্গে সেভাবে মিশত না। আর আমরাও, সত্যি বলতে কি, ওকে একটু এড়িয়েই চলতাম।’’

‘‘তাই নাকি? বিশেষ কোনো কারণে?’’

‘‘আসলে মেয়েটার চরিত্রের দোষ ছিল। বাপ-মা মরা জোয়ান মেয়ে, একা থাকে - বুঝতেই পারছেন। শাসন করার কেউ নেই। শুনেছি কোথায় কোন মদের ঠেকে কাজ করত। কি কাজ করত ভগবান জানে। একদিন জানা গেল মেয়েটা নাকি পোয়াতি। ভাবুন! বিয়ে-থা কিচ্ছু হয়নি, এদিকে পেটে বাচ্চা। সেই থেকে গ্রামের সবাই ওকে মোটামুটি একঘরে করে দিয়েছিল। ওর বাচ্চাও হয়েছিল, ছেলে। তারপর একদিন ঘরে তালা লাগিয়ে বাচ্চা কোলে কোথায় যেন চলে গেল। আর ফেরেনি। সেই থেকে ওই বাড়ী বন্ধ পড়ে রয়েছে।’’

''কাউকে বলে যায়নি কোথায় যাচ্ছে?''

''নাঃ। বললাম না, কারোর সাথে মেলামেশা ছিল না। কিন্তু আপনি চম্পাকে কেন খুঁজছেন?''

জগার মস্তিষ্কপ্রসূত কাহিনী প্রয়োগ করল নব, ''আমি খুঁজছি একটু টাকাপয়সার ব্যাপারে। বছরখানেক আগে এই মেয়েটি গয়না বন্ধক রেখে আমার বাবার কাছ থেকে কিছু টাকা ধার নিয়েছিল। আমি জানতাম না। বাবা মরে যাবার পর বাবার জিনিসপত্রের মধ্যে সেই গয়না আর একটা দলিল পাই। দলিলে এই গ্রামের নাম লেখা ছিল। আমার মনে হল, একজন গরীব মানুষ গয়না বন্ধক রেখে যখন টাকা ধার নিয়েছে তখন নিশ্চয়ই তার অবস্থা খুব খারাপ। তাকে বরং গয়নাটা ফেরৎ দিয়ে দিই। তাই বাড়ীটা খুঁজতে এসেছিলাম।''

''ওরেব্বাবা! আপনি তো মহৎ লোক দেখছি। আজকের দিনে তো কেউ এভাবে অন্যের উপকার করে না।''

''না তেমন কিছু নয়। আর উপকার করতেই বা পারলাম কোথায় বলুন। আপনি তো বললেন, চম্পা কোথায় গেছে কেউ জানে না।''

লোকটা কয়েক সেকেন্ড ভেবে বলল, ''একটা খবর আমি আপনাকে দিতে পারি। ও-পাড়ায় ছিদাম মিস্তিরি নামের একটা লোক থাকে। ওই বাঁ দিকের রাস্তাটা ধরে গেলে একটা বটগাছ পড়বে, সেটা পেরিয়ে ডান হাতে দুটো ছেড়ে তিন নম্বর বাড়ী। ওই ছিদামের বউ শুধু চম্পার সঙ্গে কথাবার্তা বলত। তাও সবাইকে লুকিয়ে। আমি বার-তিনেক ওকে রাতের বেলা চম্পার বাড়ীতে যেতে-আসতে দেখেছি।''

''ও। তাহলে বলছেন, ওই ভদ্রমহিলা জানেন যে চম্পা কোথায় গেছে?''

‘‘জানে কিনা জানি না, তবে জানতেও পারে। আপনি ওর সঙ্গে কথা বলে দেখতে পারেন।’’

‘‘নিশ্চয়ই বলব। খুব উপকার করলেন এই খবরটা দিয়ে।’’

‘‘সে তো করলাম। কিন্তু আপনি আবার দুম করে গিয়ে ওকে চম্পার কথা জিগিয়ে বসবেন না যেন।’’

‘‘কেন?’’

‘‘আহা, বললাম না ও চম্পার সঙ্গে লুকিয়ে যোগাযোগ রাখত। এই কথাটা ছিদাম জানতে পারলে পিটিয়ে বউকে গ্রামছাড়া করবে।’’

‘‘ও বাবা! তাহলে উপায়?’’

‘‘উপায় আছে। ছিদাম পাঁড় মাতাল। ব্যাটা রোজ সন্ধ্যে হলেই মদ খেতে যায়। তারপর অনেক রাতে টলতে টলতে বাড়ী ফেরে। আপনারা একটু অপেক্ষা করুন। ও বেরিয়ে গেলে ওর বউ-এর সঙ্গে কথা বলে নেবেন।’’

‘‘আপনার বুদ্ধির তারিফ না করে পারছি না।’’ একগাল হেসে বলল নব, ‘‘কি সহজে এমন সুন্দর একটা উপায় বের করে দিলেন।’’

‘‘আরে, আমি কিছু বের করিনি। এটা এখানকার সাধারণ ব্যাপার। ছিদামের বউটা, বুঝলেন কিনা, বেশ ডাগর। ছিদাম মদ খেতে বেরিয়ে গেলে মাঝে সাঝে অনেকেই ওবাড়ীতে যায় বউটাকে ফোসলাতে। বউটারও কারোর সাথে কিছু আছে কিনা কে জানে। চম্পার সঙ্গে মিশত তো, ওইরকমই মানসিকতা।’’

লোকটার সঙ্গে আরও কিছুক্ষণ কথা বললে গ্রামের আর কটা বাড়ীর হাঁড়ির খবর বেরিয়ে পড়ত কে জানে। কিন্তু নব আর কথা বাড়াল না। লোকটাকে ধন্যবাদ জানিয়ে ছিদাম মিস্তিরির বাড়ীর উদ্দেশ্যে হাঁটা দিল।

সোজা রাস্তা, প্রায় মিনিট পাঁচ-সাতেক হেঁটে পাওয়া গেল বটগাছটা। মস্ত বট গাছ। তার পাশে একটা ছোট্ট মন্দির। মন্দিরটায় পুজো-টুজোও হয় বলেই মনে হল। চাতালটা বেশ পরিচ্ছন্ন। আর মন্দিরের সামনে থেকে ছিদাম মিস্তিরির ঘরটা দেখা যায়।

নবর সুবিধাই হল। মন্দিরের চাতালে অন্ধকারের মধ্যে ঘাপটি মেরে বসে রইল সে। এই পথ দিয়ে যদি কেউ যায়ও, সহজে চোখে পড়বে না।

সারাদিনের এই চম্পা-অনুসন্ধান পর্বে বটেশ্বর আর জগা দুজনেই আগাগোড়া নবর সঙ্গেই ছিল। সেই রাতে মন্ত্র পড়ে যোগাযোগ স্থাপন করার পর দুজনের সঙ্গেই বেশ ভাব হয়ে গেছে নবর। শরীর দুটো ধোঁয়া ধোঁয়া হলেও লোক দুটোকে আর ভূত বলে মনে হচ্ছেনা তার। দুজনেই ভদ্রলোক, ভূত বলে আলাদা কোনো অহংকার নেই। নবকে ভয় দেখানো তো দূরে থাক, সামান্য মেজাজও দেখায়নি দুজনের কেউই। জগার সঙ্গে তো তার একরকম বন্ধুত্বই হয়ে গেছে। বয়স মোটামুটি এক, তাই আপনি-আজ্ঞে করাটা একটু বেমানান শোনাচ্ছিল দুজনের কানেই। সেটা 'তুমি'-তে নেমে এসেছে। বটেশ্বরকে যদিও নব 'আপনি' করেই বলে, তবে জেঠু বলে ডাকে।

বটেশ্বর আর জগা দুজন পরস্পরকে যে মোটেই পছন্দ করে না সেটাও খুব শিগগিরিই বুঝে গেছে নব। দিনের মধ্যে সতেরোবার দুজনের ঝগড়া লাগে। মাঝে মাঝে সেই ঝগড়া মারামারিতেও পরিণত হয়। কয়েকবার তো নব মাঝে পড়ে ঝগড়া থামিয়েছে।

নিজের গ্রামের মদের ঠেকে জগাই নবকে পথ দেখিয়ে নিয়ে গেছিল। আর ছিদাম মিস্তিরির বাড়ী খুঁজে পাওয়ার পর জগা সেই বাড়ীর ভেতর থেকে এক পাক ঘুরে এসে খবর দিল যে ছিদাম দাওয়ায় বসে মুড়ি-কাঁচালঙ্কা খেতে

খেতে বউকে গালমন্দ করছে। মেজাজ বেশ গরম। কাজেই আশা করা যায় কিছুক্ষনের মধ্যেই নেশা করতে বেরোবে।

তারপর সেখানেই আবার লেগে গেল বাপ-ব্যাটায়।

জগার জন্য একটা নিরীহ কুমারী মেয়ে গর্ভবতী হয়েছে, তার গ্রামের সবাই তাকে একঘরে করে দিয়েছে, শেষমেষ সেই কলঙ্ক মাথায় নিয়ে সেই মেয়েকে গ্রাম ছাড়তে হয়েছে - এগুলো বটেশ্বর কিছুতেই মেনে নিতে পারছিলেন না। জগাকে নিজের ছেলে হিসেবে ভাবতেও ঘেন্না করছিল ওনার। আর জগার যুক্তি ছিল চম্পা মেয়েটাই ওরকম। জগার সঙ্গে কিছু না হলে অন্য কোনো ছেলের পাল্লায় পড়ে গর্ভবতী হত। বরং বটেশ্বরের নিজের ভাগ্যকে ধন্যবাদ জানানো উচিত যে তাঁর ছেলেই এই কাজটা করেছে, যার ফলে তাঁর মুক্তি পাবার পথের দেখা মিলেছে।

দুজনেই মরে ভূত, কেউ কাউকে তোয়াক্কা করে না! ফলে প্রচন্ড ঝগড়া লেগে গেল আবার। আর অন্ধকারে বসে মশার কামড় খেতে খেতে সেই ঝগড়ার একমাত্র দর্শক হয়ে রইল নব।

প্রায় এক ঘন্টা বাদে ছিদাম বেরোলো বাড়ী থেকে। কোনো দিকে না তাকিয়ে হন হন করে হেঁটে চলে গেল মন্দিরের সামনে দিয়ে। তার পরেও আরও মিনিট দশেক অপেক্ষা করল নব। ওই লোকটার কথামতো যদি ছিদামের বউ-এর কোনো গুপ্ত প্রেমিক উদয় হয়।

কেউই এলনা। দশ মিনিট পর নব শেষ একপ্রস্থ গা চুলকে উঠে পড়ল। তারপর গয়না বন্ধক রেখে টাকা ধার করার গল্পটা মনে মনে আরেকবার ঝালিয়ে নিয়ে গিয়ে হাজির হল ছিদামের বাড়ীতে।

ছিদামের বউ প্রথমটায় স্বীকারই করতে চাইছিল না যে তার সঙ্গে চম্পার কোনোকালে কোনো যোগাযোগ ছিল। অনেকভাবে বুঝিয়ে, টাকা ধারের গল্পটাকে যথাসম্ভব বিশ্বাসযোগ্যভাবে উপস্থাপন করে, তার বর কোনোভাবেই

এই কথা জানতে পারবে না সেটা নিশ্চিত করে তারপর মহিলার মুখ খোলা গেল। চম্পা গ্রাম ছেড়ে যাবার আগে তাকে একটা ঠিকানা দিয়ে গেছিল। শহরের একটা বাড়ীর ঠিকানা, সেখানে নাকি চম্পা আয়ার কাজ পেয়েছে। থাকা-খাওয়া ফ্রী। বলেছিল পরে দরকার পড়লে যোগাযোগ করবে। কিন্তু আজ পর্যন্ত যোগাযোগ করেনি। কাজেই এখন সে কেমন আছে, কি করছে সেসব কিছুই জানে না ছিদামের বউ।

শহরের ঠিকানাটা নব টুকে নিয়েছিল। আর শহরে যখন যাওয়া হচ্ছেই, তখন ওখানকার অনাথ আশ্রমে কালু ডাকাতের নাতির খোঁজটাও একসঙ্গে নিয়ে নেওয়া যায়। সেই হিসেবেই একসঙ্গে তিন দিনের ছুটি নিয়ে নিল স্কুল থেকে।

পরদিন সকাল সকাল ঘুম থেকে উঠে স্নান-খাওয়া সেরে বড়োরাস্তা দিয়ে সাইকেল ছুটিয়ে সাড়ে দশটার মধ্যে শহরে।

শ্যামল রক্ষিতের বাড়ী খুঁজে পেতে খুব একটা সময় লাগল না। হাতে ঠিকানা থাকলে তো আর ভুল পথে যাবার দরকার পড়ে না। পথ বাৎলে দেবার লোকের অভাব নেই সংসারে। তবু একটু ভুল হয়েছিল। ঠিকানায় লেখা ছিল বাড়ীটা একটা খেলার মাঠের পেছনে। নব রাস্তার নাম না দেখে খেলার মাঠটাকেই প্রাধান্য দিয়েছিল শুরুতে। যাকে জিজ্ঞেস করেছিল সেও সাদা মনে শহরের বড় ফুটবল মাঠের দিকেই পাঠিয়ে দিয়েছিল নবকে।

শেষমেষ অন্যদিকে একটা মাঝারি মাপের মাঠের পেছনে পাওয়া গেল বাড়ীটা। এই বাড়ীতেই চাকরি নিয়ে এসেছে চম্পা।

জগা তো প্রথমেই সারা বাড়ীময় একটা চক্কর দিয়ে এল। একজন চড়া মেজাজের মোটাসোটা মহিলা, খুব সম্ভব বাড়ীর গিন্নীই হবেন, মুখঝামটা দিয়ে একটা অল্পবয়স্ক ছেলেকে দিয়ে বারান্দা পরিষ্কার করাচ্ছেন। রান্নাঘরে রাঁধুনী বউ আপনমনে মাছের ঝোল রাঁধছে। সাত-আট বছরের দুটো জমজ ছেলেও

আছে, বই হাতে নিয়ে মায়ের চোখ এড়িয়ে ফাঁকি মারছে। বাড়ীর কর্তা বাড়ীতে নেই, বোধহয় অফিসে বেরিয়ে গেছেন।

এই পাঁচজন মানুষ আর রান্নাঘরের জানালার বাইরে ঘুরঘুর করা দুটো বেড়াল ছাড়া আর কোনো প্রানী চোখে পড়ল না জগার। চম্পাও না। বুদ্ধি করে একবার বাথরুমেও উঁকি দিয়েছিল সে, জমজ ছেলেদুটোর একটা হিসি করছিল সেখানে।

নেগেটিভ খবর পেয়ে বটেশ্বর খেপে উঠছিলেন, ''এখানেও নেই? তাহলে কোথায় গেল?আবার কোন চুলোয় যেতে হবে মেয়েটাকে খুঁজতে?''

নব তাঁকে থামাল, ''আরে জেঠু, আপনি এখনই নেই বলছেন কেন? থাকতেও তো পারে। হয়তো দোকান-বাজার কোথাও একটা গেছে। আগে ভেতরে গিয়ে জিজ্ঞেস তো করি।''

বাড়ীর গিন্নিই দরজা খুললেন। গোবেচারা চেহারার নবকে দেখে দারুন বিরক্তও হলেন, ''কি চাই? চাঁদা-টাদা কিছু এখন হবে না। উনি বাড়ী নেই।''

''না মাসিমা, আমি চাঁদা চাইতে আসিনি।'' ঢোক গিলে বলল নব, ''আমি একজনের খোঁজ করতে এসেছিলাম।''

''খোঁজ করতে? কার? এটা শ্যামল রক্ষিতের বাড়ী।''

''সেটা জানি। এই বাড়ীতে চম্পা বলে একটা মেয়ে কাজ করে না? ওকেই খুঁজতে এসেছিলাম আমি।''

চম্পার নাম শুনে ক্ষনিকের জন্য কেমন ফ্যাকাশে হয়ে গেল মহিলার মুখটা, যেটা নবদের তিনজনের কারোর চোখই এড়াল না। তবে চট করে সেটা

সামলে নিয়ে মুখে দ্বিগুন বিরক্তি ফিরিয়ে এনে খিঁচিয়ে উঠলেন, ''এবাড়ীতে ওই নামে কেউ কাজ করে না।''

একটু অপ্রস্তুত হয়ে পড়লেও নব থামল না, ''ও, আসলে আমি চম্পার গ্রাম থেকে আসছি। ওই আমাকে এখানকার ঠিকানা দিয়েছিল। ওর সঙ্গে কিছু টাকাপয়সার ব্যাপারে -

নবকে মাঝপথেই থামিয়ে দিলেন মহিলা, ''বললাম তো এখানে কাজ করে না। আমি আর কিছু জানি না।''

নব স্পষ্ট বুঝতে পারল মহিলা কিছু একটা চেপে যাচ্ছেন। সে হেসে বলল, ''আরে মাসিমা, আপনি এত রেগে যাচ্ছেন কেন? আমার কাছে চম্পা কিছু টাকা পায়, সেটা ওকে দিয়েই চলে যেতাম। ও বলেছিল যে টাকাটা ওর খুব দরকার। আমার কাছে এই ঠিকানাটা ছিল, তাই এখানে এসেছি। ও কি এবাড়ীর কাজ ছেড়ে অন্য কোনো বাড়ীতে কাজ নিয়েছে?''

এই কথায় মহিলা আরো রেগে গেলেন, ''আপনি কি দিন দুপুরে মস্করা করতে এসেছেন? নাকি কিছুই না জানার ভান করে আমার মুখ খোলাতে চাইছেন? ওসব করে কোনো সুবিধা হবে না!''

এবার নব একটু অবাক হল, ''কি জানার কথা বলছেন মাসিমা?''

''দেখুন, আমাদের ওপর দিয়ে এমনিতেই অনেক গেছে। ছেলে দুটোর স্কুল পালটাতে হয়েছে, ওনার চাকরিতেও অনেক ঝামেলা হয়েছে। কারোর কাছে মুখ দেখাতে পারি না আর আমরা। দয়া করে আমাদের আর বিরক্ত করবেন না।''

''মাসিমা, আপনি কি বলছেন আমি কিছুই বুঝতে পারছি না। আমি তো গ্রাম থেকে এসেছি শুধু চম্পার খোঁজ করতে। ওকে নিয়ে কি কোনো সমস্যা হয়েছে?''

''চম্পা মরে গেছে! আপনি এবার আসুন।'' ঝাঁঝানো গলায় কথাটা বলে নবর মুখের ওপরেই দড়াম করে দরজা বন্ধ করে দিলেন ভদ্রমহিলা।

7

নব জীবনে কোনোদিন মদ ছোঁয়নি। শুধু মদ কেন, পান-বিড়ি-সিগারেট কোনোটাই না। যেকোনো রকম নেশার জিনিস থেকে সে সর্বদা শতহস্ত দূরে। তার বাবা ভবতারণের সাংঘাতিক ধূমপানের নেশা ছিল। প্রতিদিন কয়েক বান্ডিল বিড়ি তো শেষ করতেনই, গাঁজাও টানতেন মাঝেমধ্যে। আর সেই নেশাই কাল হয়েছিল। প্রথমে ঘুসঘুসে কাশি, গলা ব্যথা ; একদিন হঠাৎ কাশতে কাশতে রক্তবমি ; শেষে শহরে নিয়ে গিয়ে যখন জানা গেল গলায় ক্যান্সার, তখন অনেক দেরী হয়ে গেছে। নব তবুও ঘটি-বাটি বেচে চিকিৎসা চালাত হয়তো, বাদ সাধলেন ভবতারণ নিজেই। ভূত ধরার নেশায় রোজগারপাতির দিকে কোনোকালেই তেমন হুঁশ ছিলনা তাঁর। নবর মা অকালে মারা গেছিল স্রেফ চিকিৎসার অভাবে। নিজেদের আর্থিক অবস্থার কথা তিনি খুব ভালোই জানতেন। রোগটা সারানো যাবে না এটা বুঝতে পেরে তিনি ঘোরতরভাবে বেঁকে বসেন চিকিৎসা করাতে। তাঁর রাগ আর গোঁ দুটোই ছিল সাংঘাতিক। পড়াশুনা শেষ করে চাকরিতে ঢুকে গেলেও বাবাকে তখনও যমের মতো ভয় পেত নব। তাই বাবার মুখের ওপর কিছু বলতে পারেনি। গ্রামের ডাক্তারের দেওয়া অষুধ খেয়ে আর দিনরাত কাশতে কাশতে ক্যানসারের হাতে একরকম আত্মসমর্পণ করেছিলেন ভূত্রাস ভবতারণ।

নব এমনিতেই ভিতু প্রকৃতির ভালো ছেলে। নেশা-টেশা করতে যেটুকু সাহস লাগে, সেটুকুও তার ছিলনা। তার ওপর জীবনের শেষ কয়েক মাস বাবাকে ওরকম যন্ত্রনা পেতে দেখে বিড়ি-সিগারেট সম্বন্ধে তার মনে আরও ভয় ঢুকে গেছিল। সেই থেকে অন্য কেউ ধূমপান করলেও কাছাকাছি থাকে না সে। তার জীবনের একমাত্র নেশা হল বই পড়া।

এইরকম কারোর পক্ষে মদের ঠেকে বসে প্রথমবার মদ খাওয়াটা খুবই কঠিন কাজ। কিন্তু সেই কঠিন কাজটাই নবকে করতে হচ্ছিল কর্ত্তব্যের খাতিরে।

মদ যদিও খুব একটা খাচ্ছিল না সে। নিজের গ্লাসটা হাতে নিয়ে সামনের লোকটার গ্লাসটাই ভরে দিচ্ছিল বার বার। মাঝে মাঝে শুধু লোক দেখানো এক-আধটা চুমুক দিতে হচ্ছিল। আর তখনই গুলিয়ে উঠছিল গা-টা।

কোনওরকমে নিজেকে সামলে নিচ্ছিল সে। এখানে মাতাল হয়ে পড়লে তো চলবে না। বরং লোকটাকে মাতাল করে চম্পার খবর জানতে হবে।

আগের দিন শ্যামল রক্ষিতের বউ মুখের ওপর দরজা বন্ধ করে দেবার পর অচেনা জায়গায় নব আগ বাড়িয়ে কাউকে জিজ্ঞেস করতে ভরসা পাচ্ছিল না। তাই বুদ্ধি করে জগা আর বটেশ্বর থেকে গেছিলেন বাড়ীর ভেতরে। শ্যামলবাবু অফিস থেকে ফেরার পর স্বামী-স্ত্রীর কথোপকথনে এটুকু বোঝা গেছিল যে চম্পাকে নিয়ে বেশ বড়োসড়ো কিছু একটা ঝামেলা হয়েছে। কিন্তু আসল ঘটনাটা যে কি সেটাই জানা যাচ্ছিল না স্পষ্টভাবে।

রাত প্রায় সাড়ে দশটা নাগাদ যখন জগারা হতাশ হয়ে বেরিয়ে যাবার চিন্তা করছে, তখনই শুরু হল গন্ডগোলটা। পাশের বাড়ীতে হঠাৎ খুব চ্যাচামেচি শুনতে পাওয়া গেল। জগারা ভেসে গিয়ে দেখে একটা মাঝবয়সী লোক আকণ্ঠ মদ্যপান করে বাড়ীর উঠোনে দাঁড়িয়ে এক বুড়োর সঙ্গে ব্যাপক ঝগড়া করছে। বুড়ো অপ্রকৃতিস্থ না হলেও তার তেজ কিছু কম নয়। এক বুড়ি বুড়োকে বুঝিয়ে-সুঝিয়ে ঠান্ডা করার চেষ্টা করছে, আর একটি অল্পবয়স্ক মহিলা মাতাল লোকটাকে টেনেটুনে ঘরে নিয়ে যেতে চাইছে।

উভয় পক্ষের দু-চারটে কথা শুনেই বুঝতে পারা গেল যে লোকটা বুড়োর ছেলে। সে মদ খেয়ে গভীর রাতে টলতে টলতে বাড়ী ফিরে বাবার মুখে পড়েছে। রাগী বাবা আর মাতাল ছেলের জোর লেগে গেছে। শাশুড়ী-বৌমা আপ্রাণ চেষ্টা করে চলেছে নিজের নিজের স্বামীকে ঘরে নিয়ে যাবার, কিন্তু পেরে উঠছে না। এটাও বোঝা গেল যে ব্যাপারটা আজকে নতুন নয়, এরকম প্রায়ই ঘটে থাকে।

শ্যামল রক্ষিতের জমজ ছেলে দুটো খেয়ে-দেয়ে ঘুমিয়ে পড়েছিল। চ্যাচামেচিতে জেগে গিয়ে বিছানা থেকে তড়াক করে উঠে দোতলার জানালায় একেবারে ব্যালকনি সীট নিয়ে নিল। একে তো বাবা-ছেলের ঝগড়া, তার ওপর মাতাল লোকটার মুখ দিয়ে খুব একটা শালীন ভাষা বেরোচ্ছিল

না। ওই বয়সের দুটো ছেলের কাছে এক চেয়ে ভালো লেট-নাইট এন্টারটেনমেন্ট আর কি হতে পারে!

শ্যামলবাবুর বউ-এর মেজাজ এমনিতেই সারাদিন চড়ে থাকে। এই রাত-দুপুরে সন্তানদের অধঃপতনের উপক্রম দেখে মাথা আরও গরম হয়ে গেল। প্রথমে ছেলেদুটোকে ঠাস ঠাস করে চড়িয়ে আবার শুতে পাঠালেন। তারপর বরকে মুখঝামটা দিয়ে বললেন, ‘‘এখানে কোনো সভ্য মানুষ থাকতে পারে? এমনিতেই আশেপাশের লোকজন সুযোগ পেলেই আমাদের দুকথা শোনায়, তার ওপর রোজ রাতে এইসব। ছেলেগুলো কি শিখে বড় হচ্ছে কোনো খেয়াল আছে? এই আমি বলে দিলাম, এসব যদি বন্ধ না হয় তাহলে পিলু-তিলুকে নিয়ে বাপের বাড়ী চলে যাব।’’

বাইরে তখন ঝগড়া আরো নোংরা পর্যায়ে চলে গেছে। বাবা যে তার জন্য কিছুই করেনি, এবং সেই কারণেই আজ তার এই দুরবস্থা, মাতাল ছেলে চিৎকার করে সেটাই জাহির করছে। তার মধ্যে শ্যামলবাবু বলতে গেছিলেন, ‘‘কি হচ্ছেটা কি? এটা ভদ্রলোকেদের পাড়া। ঝগড়াঝাঁটি যা করার ঘরের ভেতরে গিয়ে করুন। এভাবে মাঝরাতে চ্যাঁচাবেন না। বাড়ীতে বউ-বাচ্চা আছে।’’ এর ফলে আগুনে ঘৃতাহুতি ছাড়া আর কিছু হল না! লোকটা তার বাবাকে ছেড়ে আক্রমণ করল শ্যামলবাবুকে, ‘‘কোথাকার ভদ্রলোক এলেন রে! কত বড় ভদ্রলোক জানা আছে। নিজের বাড়ীর কাজের মেয়ের সঙ্গে কেচ্ছা করে ঢেকে রাখে আবার আমাকে ভদ্রতা শেখাতে এসেছে। ভেবেছ আমি কিছু জানি না?সব জানি।’’

ঝগড়াটা আর কিছুক্ষণ চললেই রক্ষিত-বাড়ীর সব কেচ্ছা ফাঁস হয়ে যেত। কিন্তু ঠিক সময়ে মাতালের বউ নিজের সর্বশক্তি প্রয়োগ করে স্বামীকে টেনে নিয়ে গেল ঘরে। সেই রাতের মত যবনিকা পড়ল নাটকে।

পরদিন সকালে মাতাল লোকটার পিছু নিল জগা। লোকটা একটা ছোট বেসরকারী অফিসে পিওনের কাজ করে। প্রচুর খাটনি, অল্প মাইনে। বাড়ীতে

অসুস্থ বাবা-মা, বউ-এর ছেলেপুলে হচ্ছে না অনেকদিন। সেই সব ভুলতে রোজ অফিসের পরে নিয়ম করে মদ খায়।

সবকিছু দেখেশুনে জগা খুশী হয়ে বলল, ‘‘এতেই হবে।’’

‘‘কি হবে?’’, অবাক হয়ে জিজ্ঞেস করেছিল নব।

‘‘এর কাছ থেকেই সব কথা জানা যাবে। শুধু মদ খাওয়াতে হবে। পেটে মদ পড়লে ভেতরের সব কিছু হুড়হুড় করে বেরিয়ে আসবে।’’

‘‘খাওয়াতে হবে? কে খাওয়াবে?’’

‘‘তুমি, আবার কে?’’

‘‘আমি? আমি মদ কোথায় পাব? আর খাওয়াবই বা কিভাবে?’’

‘‘তোমাকে পেতে হবে না। অফিস ছুটি হলে ও নিজেই যাবে ওর ঠেকে। তুমি শুধু সেখানে গিয়ে ওর সঙ্গে যেচে আলাপ করবে আর ওর মদের পয়সাটা দিয়ে দেবে।’’

‘‘ও নেবে?’’

‘‘আলবাত নেবে। অন্যের পয়সায় খাওয়া মদের যে কি স্বাদ তা আর তুমি কি জানো! তুমি শুধু দূর থেকে লক্ষ্য রাখবে লোকটাকে। নেশা একটু চড়লে কাছে গিয়ে গায়ে পড়ে আলাপ করবে, তারপর একটু দামী মদ অফার করবে। তাহলেই দেখবে তোমার সঙ্গে বসে যাবে। তারপর আরেকটু নেশা চড়ে গেলে তুমি কথায় কথায় শ্যামল রক্ষিতের নিন্দে করতে শুরু করবে। ব্যস। সব খবর নিজে থেকেই বেরিয়ে আসবে।’’

‘‘বলছ?’’

''একশোবার বলছি। এসব পেঁচো মাতালদের আমি খুব ভালো চিনি। নিজেও ছিলাম তো, হে হে! তবে তোমাকে একটু কষ্ট করতে হবে। মাঝে মাঝে দু-এক চুমুক মদ খেতে হবে। লোক দেখানো আর কি।''

সেই লোক দেখানো কষ্টটাই দাঁতে দাঁত চেপে করছিল নব। তবে তার কষ্ট বিফলে যায়নি। জগার প্ল্যানমাফিক সবকিছুই ঠিকঠাক চলেছে। লোকটা প্রায় বিনা আপত্তিতেই নবর পয়সায় মদ খেতে রাজী হয়ে গেছিল। আর নব যখন জগার শিখিয়ে দেওয়া একটা গল্প দিয়ে শ্যামল রক্ষিতের উদ্দেশ্যে একরাশ ক্ষোভ জানাল, তখন লোকটা একদম ফোঁস করে উঠল।

''আরে ওর কথা বলবেন না। ও মহা পাজি লোক।''

''যা বলেছেন। কথা দিয়ে কথার খেলাপ করাটা খুব খারাপ।''

''আরে কথার খেলাপ তো কিছুই নয়। নিজের বাড়ীর কাজের মেয়ের সঙ্গে কেচ্ছা করে সেটা ধামাচাপা দিতে চেয়েছিল, জানেন?''

''তাই নাকি?''

''এই সাত-আট মাস আগের কথা। সেটা নিয়ে কত থানা-পুলিশ হল। ওকে আর ওর ভাইকে অ্যারেস্ট করেছিল।''

''ওনার ভাইও আছে? তাকে তো দেখিনি।''

''দেখবেন কি করে? সে তো এখনও জেলে। সেই ব্যাটাই তো কুকীর্ত্তীর মূলে।''

''কি হয়েছিল বলুন তো।''

‘‘আরে ওর ভাইটা এক নম্বরের লোফার। নিজের ভাই নয়, মামাতো না খুড়তুতো কি যেন একটা। গত বছর কোন গ্রাম থেকে যেন এসেছিল দাদার কাছে থাকবে বলে। অকর্ম্মার ঢেঁকি একটা। কাজকম্মো কিছু নেই, দিনরাত পাড়ায় আড্ডা দিত। ওই চম্পা মেয়েটা তো অনেকদিন থেকেই ওবাড়ীতে কাজ করে। ভালো মেয়ে। বর নাকি ঘরে নেয়না, তাই ছেলেকে নিয়ে গ্রাম ছেড়ে চলে এসেছে। লোফারটার কুনজর পড়ল ওই মেয়েটার ওপর।’’

‘‘তারপর?’’

‘‘শয়তানি শুরু হয়ে গেল। বাড়ীতেই তো মেয়েটা থাকে। যাকে বলে একদম হাতের মুঠোয় স্বর্গ। যা খুশী তাই করতে লাগল। বাইরের কেউ টের পাচ্ছেনা তো।’’

‘‘হুম। তা আপনি টের পেলেন কিভাবে?’’

‘‘আমি জেনেছিলাম আমার বউ-এর কাছ থেকে। আমার বউ এক নম্বরের গপ্পোবাজ। সবার সঙ্গে ওর গুজুর-গুজুর ফুসুর-ফুসুর চলে। চম্পার সঙ্গেও কথাবার্তা ছিল। চম্পা একদিন ওকে বলেছিল যে ওই ছেলেটা নাকি ওকে খারাপ খারাপ ইঙ্গিত করে। নানা ছুতোয় গায়ে হাত-টাত দেয়। একদম বখে যাওয়া ছেলে!’’

‘‘ঠিক বলেছেন। তারপর কি হল?’’

‘‘তারপর আর কি। সাহস বাড়তে বাড়তে একদম সীমা ছাড়িয়ে গেলে যা হয় তাই হল। মেয়েটার কপাল পুড়ল।’’

‘‘মানে?’’

"একদিন সন্ধ্যেবেলা শ্যামলদা বউ-বাচ্চাদের নিয়ে কোন আত্মীয়ের বাড়ী গেছিল। ফাঁকা বাড়ী পেয়ে ওই ছোঁড়া চম্পাকে একদম বিছানায় টেনে নিয়ে যায়।"

"বলেন কি!"

"আর কি বলব। অমানুষ! মেয়েদের ইজ্জত দিতে শেখেনি, আর নিজেকে পুরুষমানুষ বলে।"

"তারপর কি হল?"

"কি আর হবে। শ্যামলদারা ফেরার আগেই তো সব কাজ শেষ করে ফেলেছিল। চম্পাকে বোধহয় শাসিয়েও রেখেছিল কাউকে কিছু না বলতে। কিন্তু ওই কলঙ্ক মাথায় নিয়ে কোনো মেয়ে বেঁচে থাকতে পারে? আপনিই বলুন। চম্পাও পারল না। সুইসাইড করল।"

"অ্যাঁ?সুইসাইড?"

"আর কি করবে?পরদিনবাজার করতে গিয়ে কোত্থেকে খানিকটা বিষ কিনে এনেছিল। দুপুরে সেটা বাচ্চাটাকে খাইয়ে নিজেও খেয়ে নিল। বিকেলে ডেকে ডেকে সাড়া না পেয়ে ওর ঘরে গিয়ে সবাই দেখে মা-ছেলে মরে কাঠ হয়ে আছে।"

"বাচ্চাটাকেও মেরে দিল?"

"হ্যাঁ। ও নিজে বেঁচে না থাকলে বাচ্চাটাকে দেখবে কে? তবে মরার আগে একটা মরণ-কামড় দিয়ে গেছিল। একটা চিঠিতে সব ঘটনা লিখে মরার জন্য ওই শয়তানটাকে দায়ী করে গেছিল। নাহলে ও ব্যাটা একেবারে পার পেয়ে যেত। সেই চিঠি দেখেই তো পুলিশ দুই ভাইকে অ্যারেস্ট করে নিয়ে গেল।

তারপর পুলিশের বাটাম পড়তেই চাঁদু সব কথা স্বীকার করেছে। এখনও জেলের ঘানি টানছে।''

''এ তো ভয়ঙ্কর ব্যাপার!''

''হ্যাঁ। আর এত কিছুর পরেও শ্যামলদা তার ভাইকে বাঁচাতে চাইছিল। ভাবুন। যে একটা মেয়ে আর একটা ফুটফুটে বাচ্চার জীবনটা শেষ করে দিল, তাকে কেন কেউ বাঁচাতে চাইবে?''

''তাই তো। কেন?''

''আরে ওই লোকও ওই কেচ্ছার মধ্যে ছিল। ও খুব ভালোভাবেই জানত যে ওর ভাই মেয়েটাকে বিরক্ত করে। তাও ও ভাইকে লাই দিয়ে গেছে। আমার তো মনে হয় সেই রাতে ও ইচ্ছে করেই সবাইকে নিয়ে বেরিয়ে গেছিল, যাতে ওর ভাই বাড়ী খালি পেয়ে যা খুশী তাই করতে পারে।''

''তাই নাকি?''

''আমি হানড্রেড পারসেন্ট শিওর। চম্পার লেখা চিঠিটা লুকিয়ে ফেলতে পারলে ও ওর ভাইকে বাঁচিয়েই ফেলত। কিন্তু চিঠিটা ওর বউ-এর হাতে পড়ায় কিছু করতে পারেনি। ওর বউটা তো এক নম্বরের দজ্জাল। আসল ঘটনা জানতে পেরে চেঁচিয়ে বাড়ী মাথায় করে তুলেছিল। তারপর সোজা থানায় গিয়ে চিঠিটা পুলিশের হাতে দিয়ে এসেছে।''

''ও, উনি তাহলে ওনার বরের ভাইকে বাঁচাবার চেষ্টা করেননি?''

''মোটেও না। আসলে শ্যামলদার বউও ছোঁড়াটাকে দুচোক্ষে দেখতে পারত না। অমন ধাড়ি ছেলে বাড়ীতে বসে দুবেলা অন্ন ধ্বংস করলে কে আর খুশী হয়। কিন্তু শ্যামলদা কিরকম শয়তান লোক ভাবুন, বউকে লুকিয়ে নাকি কোন উকিলের সঙ্গে পরামর্শ করতে গেছিল কিভাবে ভাইকে জেল থেকে

ছাড়ানো যায়। অথচ সবার সামনে এমন ভাব করত যেন ভাই-এর সঙ্গে কোনো সম্পর্কই রাখে না। ভালোমানুষের মুখোশ পরা ক্রিমিনাল একটা! ওকেও ওর ভাই-এর সঙ্গে জেলে পুরে রাখা উচিত ছিল। নেহাৎ প্রমাণের অভাবে পার পেয়ে গেল। আর চাকরিটাও যেতে যেতে বেঁচে গেল। গেলেই ভালো হত।''

''ওনার চাকরিও চলে যাচ্ছিল নাকি?''

''যাবে না?পুলিশে ছুঁলে কত ঘা জানেন তো? তার ওপর এক রাত থানায় আটকা ছিল। চাকরিটা চলেই যেত, অনেক ধরাকরা করে বাঁচিয়েছে কোনোরকমে। তবে ছেলেদুটোকে স্কুল থেকে ছাড়াতে হয়েছে।''

''সে কি! কেন?''

''ওসব ভালো স্কুলের অনেক রেপুটেশন থাকে মশাই। স্কুল থেকে সোজা বলে দিয়েছে, এইসব বাড়ীর ছেলেকে স্কুলে রাখা যাবে না। তাতে অন্য ছাত্ররা খারাপ হয়ে যাবে। এক মাসের মধ্যে দুটোকেই টি সি দিয়ে দিয়েছে। এখন একটা পাতি স্কুলে ভর্তি হয়েছে। তাও শুনেছি পয়সাকড়ি দিয়ে।''

''এঃ হে! ছেলেদুটোর কি দোষ?''

''গার্জিয়ানের পাপের ফল ছেলে-মেয়েরাই ভোগ করে মশাই। ওই লোকের মনে পাপ ছিল বলেই ভগবান ওকে এভাবে মেরেছে। সে আবার আসে আমাকে ভদ্রতা শেখাতে। হুঁঃ!''

নবর অনেকগুলো টাকা খসিয়ে লোকটা আরও অনেক্ষণ ধরে মদ খেল আর পাইকারী রেটে শ্যামল রক্ষিতের নিন্দে করল। শ্যামলবাবু পাড়ার কোনো পুজোয় মোটে চাঁদা দেন না, কারোর সঙ্গে ওনার সদ্ভাব নেই, জমজ ছেলে হওয়ার সময় প্রতিবেশীদের একটা করে মিষ্টি খাইয়েছিলেন শুধু, ছেলেদুটোকে পাড়ার কারোর সঙ্গে মিশতে দেন না, ওনার বউ সবসময়

সবার সঙ্গে ঝগড়া লাগাতে ওস্তাদ, ওই বাড়ীতে আড়াই মাসের বেশী কাজের লোক টেকে না - ইত্যাদি নানাবিধ তথ্য উঠে এল আলোচনায়। এমনকি শ্যামলবাবু যে যোগ্যতা না থাকা সত্ত্বেও ঘুষ দিয়ে চাকরি পেয়েছেন এবং বিয়ে করার সময় বড়লোক শ্বশুরের কাছ থেকে মোটা অঙ্কের পণ নিয়েছেন - সেইসব সন্দেহের কথাও জানতে পারা গেল।

আর সর্বোপরি যেটা জানতে পারা গেল সেটা হল, বটেশ্বর আর জগার মুক্তির পথ পাকাপাকিভাবে বন্ধ!

8

শহরে একটাই অনাথ আশ্রম আছে। অনেক পুরোনো, সেই ব্রিটিশ আমলের। বিল্ডিংটা আসলে একটা প্রাসাদোপম বাড়ী। একশো বছরেরও বেশী আগে সেই বাড়ীর মালিক ছিলেন এক ধনী বাঙালী। বিভিন্নভাবে সাহেবদের চাটুকারিতা করে তিনি ধনী হয়েছিলেন। সেইসব চাটুকারিতার মধ্যে বিপ্লবীদের ধরিয়ে দেওয়া ছিল অন্যতম। সেই কারণে তাঁর ওপর একবার পৌনে-প্রানঘাতী হামলাও চালিয়েছিল ওই সময়ে এই অঞ্চলের এক বিপ্লবী দল। অল্পের জন্য বেঁচে যান তিনি। স্বভাবের দিক দিয়েও তিনি খুবই উগ্র ও নিষ্ঠুর ছিলেন বলে শোনা যায়। নিজের বিশাল বাড়ীতে একগন্ডা গরীব মানুষকে নামমাত্র মাইনে দিয়ে দিনরাত কঠোর পরিশ্রম করাতেন। কাজে ভুলত্রুটি হলে চাবুক পর্যন্ত মারতেন। এলাকার কেউ তাঁকে পছন্দ করত না। কিন্তু টাকা আর ইংরেজ সরকারের নেকনজর - এই দুই খুঁটির জোরে রীতিমতো স্বেচ্ছাচার করতেন তিনি।

কিন্তু কখন যে কার মধ্যে পরিবর্তন আসে, কেউ বলতে পারে না। সাহেবের ধামাধরা এই ভদ্রলোকের মনে পরিবর্তন এসেছিল বুড়ো বয়সে। সারা জীবন ধরে নিজের দেশ আর দেশের মানুষের সঙ্গে করা অন্যায়ের জন্য গভীর অনুশোচনা জন্মায় তাঁর। নিজের পাপের প্রায়শ্চিত্ত করতে তিনি দেশ থেকে ব্রিটিশ শাষন উৎখাতের চেষ্টায় নামেন এবং বিভিন্ন বিপ্লবী দলকে লুকিয়ে আশ্রয় ও অর্থ দিতে শুরু করেন।

তবে ভদ্রলোক এই সাধু প্রচেষ্টা খুব বেশীদিন চালাতে পারেননি। সম্ভবতঃ খুব নিকট কারোর বিশ্বাসঘাতকতায় তিনি ধরা পড়ে যান। ব্রিটিশ সরকার বাড়ী সমেত তাঁর সমস্ত সম্পত্তি বাজেয়াপ্ত করে নিয়ে তাঁকে ফাঁসিতে ঝুলিয়ে দেয়।

এর পর প্রায় এক যুগ বাড়ীটা সরকারী সম্পত্তি হিসেবে বন্ধ পড়ে ছিল। তারপর কোনো এক অনাথ-দরদী সাহেব ক্ষমতায় এসে সেটাকে অনাথ আশ্রমে পরিনত করেন। সেই আশ্রম চলছে এখনো। বিভিন্ন বয়সের প্রায় খান পঞ্চাশেক বাচ্চার দেখাশোনা করতে সারাদিন ব্যস্ত থাকতে হয় আশ্রমের আঠারোজন কর্মচারীকে।

আশ্রমের অফিস থেকে নবকে প্রথমে ভাগিয়েই দিচ্ছিল। কোন যুগে কোন ডাকাতের নাতিকে ধরে আনা হয়েছিল, সেই সব তথ্য খুঁজে বের করা কি চাট্টিখানি কথা? স্টোর রুমে রাশি রাশি পুরোনো খাতার স্তূপ জমে আছে, আর তার ওপর জমে আছে যত রাজ্যের ধুলো-ময়লা। সকলেরই অনেক কাজ, খামোখা একটা উটকো লোকের অনুরোধে মান্ধাতার আমলের ওই সব খাতাপত্র নিয়ে ঘাঁটাঘাটি করার সময় বা ইচ্ছা কারোরই ছিল না। কিন্তু তারপর যখন জানা গেল যে নবর লেখা তিনখানা বই দেশে-বিদেশে বিক্রী হয়েছে, তখন একটু নড়েচড়ে বসল সবাই।

বলা বাহুল্য, এই গল্পটাও জগার মাথা থেকেই বেরোনো। সে আগেই বুঝতে পেরেছিল যে অত বছর আগের ধুলো পড়া জাবদা খাতা বের করতে সহজে রাজী হবেনা এরা। কেই বা আর বেগার খাটতে চায়! তাই সে একটু অন্যভাবে টোপটা দিয়েছিল। নব একজন নামকরা উঠতি লেখক। ইতিমধ্যে সে বাঁকুড়ার টেরাকোটা মন্দির, ঝাঁসির রানী লক্ষ্মীবাঈ আর পলাশীর যুদ্ধ নিয়ে রীতিমতো রিসার্চ করে এমন তিনটে বই লিখেছে যেগুলো দেশে-বিদেশের ঐতিহাসিকদের মধ্যে আলোড়ন ফেলে দিয়েছে। অনেক বড় বড় প্রকাশনী এখন তার লেখা ছাপানোর জন্য উঠেপড়ে লেগেছে। ইতিহাসের বিখ্যাত তিনটে বিষয় নিয়ে বই লেখার পর এখন নবর লক্ষ্য বাংলার এমন সব ঐতিহাসিক জিনিসকে সবার সামনে তুলে ধরা, যেগুলো এখনও তেমন জনপ্রিয়তা পায়নি। বিভিন্ন জায়গায় খুঁজে বেড়িয়ে অবশেষে তার মনে ধরেছে এই অনাথ আশ্রমটা। এই বাড়ীর রোমহর্ষক ইতিহাস, তারপর সেই ব্রিটিশ আমল থেকে আজ পর্যন্ত যুগ যুগ ধরে অনাথ বাচ্চাদের মানুষ করে তোলার এই যে মহৎ ব্রত - এগুলোই সে তার পরবর্তী বই-এর বিষয়বস্তু করতে চায়। আর সেই বই যখন বাংলা এবং ইংরিজিতে প্রকাশিত হয়ে বিশ্বসংসারে হইচই ফেলে দেবে, তখন একইসঙ্গে বিখ্যাত হয়ে উঠবে এই আশ্রম আর এখানকার কর্মচারীরাও। তাদের ইন্টারভিউ নেবার জন্য হয়তো লাইন পড়ে যাবে বিভিন্ন টিভি চ্যানেলগুলোর।

জনপ্রিয়তার নেশা মদের নেশার চেয়ে কোনো অংশে কম নয়। বরং বেশীই বলা চলে। জগার দেওয়া টোপ গিলতে বেশী সময় নিল না লোকগুলো। একজন বয়স্ক লোক একটু সন্দেহজনক চাউনিতে তাকিয়ে কিছু ত্যাড়াব্যাঁকা প্রশ্ন করছিলেন বটে, সেসব নব সুন্দরভাবে সামলে নিয়েছে। লাইব্রেরিয়ান হওয়ার সুবাদে, আর বই পড়ার প্রতি একটা আলাদা ঝোঁক থাকার জন্যও বটে, দেশ-বিদেশের অনেক বই আর প্রকাশনীর খবরই সে রাখে। সেই জ্ঞানই কাজে লেগে গেল। বেজায় উৎসাহ নিয়ে আশ্রমের লোকজন তাকে পুরোনো খাতাপত্রের ঘর খুলে তো দিলই, সেইসঙ্গে দুপুরের খাওয়াটা পর্যন্ত খাইয়ে ছাড়ল। গরম গরম খিচুড়ি, বেগুন ভাজা, বাঁধাকপির ঝাল ঝাল তরকারি আর শেষ পাতে দুটো পান্তুয়া। এক কথায় অতুলনীয়!

কিন্তু লাভ হলনা এত কিছুর পরেও।

ব্রিটিশ আমলের তথ্যই প্রথমে দেখতে চেয়েছিল নব। সেই মতো খান চল্লিশেক মোটা মোটা খাতা ধুলো ঝেড়ে বের করে দিয়েছিল আশ্রমের কাজের ছেলেটা। খাতাগুলোয় তারিখ ধরে প্রত্যেক অনাথ বাচ্চার তথ্য লেখা আছে। কবে সেই বাচ্চা আশ্রমে এসেছিল, সেই সময়ে তার বয়স কত ছিল, কে তাকে নিয়ে এসেছিল, কত বছর বয়স পর্যন্ত সে আশ্রমে ছিল - সবকিছুই। আশ্রম ছাড়ার পর সেই বড়ো হয়ে যাওয়া বাচ্চাদের তথ্যও আছে। অনেকেই পরবর্তীকালে চাকরি-বাকরি পেয়ে আশ্রমের সঙ্গে যোগাযোগ বজায় রেখেছে। কম-বেশী ডোনেশানও দিয়েছে কেউ কেউ। এছাড়া যেসব বাচ্চাদের আশ্রম থেকে কোনো পরিবার দত্তক নিয়ে গেছে, তাদের বিশদ বিবরণও খাতাবন্দী আছে।

কালু ডাকাতের দলের ধরা পড়ার সাল তারিখটা সঠিকভাবে জানা না থাকলেও মোটামুটি একটা ধারণা ছিল নবর। সেই মতো খান চারেক খাতা খুঁজেই পাওয়া গেল কৃষ্ণচরণ সর্দারের নাম। পাঁচ বছর বয়সের সেই বাচ্চাকে রজার ব্রাউন নামের এক সাহেব ইন্সপেক্টর নিয়ে এসেছিলেন এই আশ্রমে। বাবার নাম 'লেট লালচরণ সর্দার', মানে কালু ডাকাতের সুযোগ্য পুত্র লালু।

বাচ্চাটার পরিবাবর সম্পর্কে একটা কথাই শুধু খাতায় লেখা - ড্যাকইটস্। সম্ভবত এই রজার ব্রাউনই ওই ড্যাকইটসদের নির্মূল করার মূলে ছিলেন।

খাতার তথ্য অনুযায়ী সাত বছর কৃষ্ণচরণ আশ্রমে ছিল। তারপর আর কিছু লেখা নেই, শুধু লেখা - মিসিং!

অফিসের একজনকে ওই 'মিসিং' শব্দের মানে জিজ্ঞেস করায় খুবই তাচ্ছিল্যের সঙ্গে বলল, ''ভেগেছে।''

''ভেগেছে মানে?''

''সব ছেলে তো আর শান্তশিষ্ট হয়না মশাই। কিছু কিছু বিচ্ছুও থাকে। সেগুলো সুযোগ পেলে পালায়।''

''অ্যাঁ? কোথায় পালায়?''

''সেটা কিকরে জানব? ফোকটে চার বেলা খাবার সহ্য হয়না ব্যাটাদের। মাথায় ভূত চাপে। তখন পালায়। এই তো গত বছর একটা পনেরো বছরের ছোঁড়া পালাল। তিন দিন বাদে পুলিশ তাকে খড়গপুর স্টেশনে একটা মালগাড়ী থেকে অ্যারেষ্ট করে আবার ফিরিয়ে নিয়ে এল। সে ব্যাটা নাকি বোম্বাই যাচ্ছিল সিনেমার হিরো হতে।''

''বোঝো!''

''এসব বড্ড ঝামেলার কাজ মশাই। শুনতে ভালো লাগে যে অনাথ শিশুদের মানুষ করছি, কিন্তু কাজটা মোটেই সোজা নয়। একেকটা একেক পিস। একসাথে সবকটাকে সামলাতে হিমশিম খেতে হয়। আজ এটা মাথা ফাটাল তো কাল ওটা ঠ্যাং ভাঙল। আজ একটা জ্বরে পড়ল তো কাল আরেকটা পালাল। এভাবেই চলছে আমাদের।''

‘‘সত্যিই খুব ঝামেলার কাজ। তা, কোনো বাচ্চা পালালে আপনারা কি করেন?’’

‘‘প্রথমে এদিক ওদিক খুঁজে দেখি। বেশীরভাগ সময়ে ধারে-কাছেই পাওয়া যায়। হয় স্কুল পালিয়ে মাঠে খেলতে গেছে নয়তো নদীর ধারে গিয়ে লুকিয়ে বিড়ি ফুঁকছে - এইসব। চব্বিশ ঘন্টার মধ্যে যদি না পাওয়া যায় তখন থানায় ডায়রী করি। তারপর পুলিশ খুঁজে পেলে ভাল, নইলে গেল। থানায় ডায়রী করলে সেটার কথাও আমাদের খাতায় লেখা থাকে।’’

‘‘ও। কিন্তু এই যে কৃষ্ণচরণ নামের ছেলেটা, এর ক্ষেত্রে তো শুধু ‘মিসিং’ লেখা দেখছি। থানায় ডায়রীর কথা তো কিছু লেখা নেই। এই যে, দেখুন।’’

লোকটা ভুরু কুঁচকে খাতাটা দেখে বলল, ‘‘হুঁ, নেই দেখছি।’’

‘‘তার মানে এই ছেলেটা পালিয়ে যাওয়ার পরেও কোনো পুলিশ ডায়রী করা হয়নি?’’

‘‘হয়নি হয়তো। এসব সেই ব্রিটিশ আমলের খাতা মশাই। তখন কি হত কে জানে! হয়তো ছেলেটাকে পালাতে দেখে পুলিশ গুলি করে মেরে দিয়েছিল। তাই খাতায় আর কিছু লেখেনি।’’

‘‘অ্যাঁ? বলেন কি? সেরকম হত নাকি?’’

‘‘হতে পারে, আবার নাও হতে পারে। খাতায় যখন কিছু লেখা নেই তখন তো কিছু জানারও উপায় নেই। ওই সময় অনেক ভুলভাল ব্যাপার হত। এই ছেলেটা তো দেখছি ডাকাতের ছেলে। দেখুন হয়তো পুলিশ ইচ্ছে করেই একে মেরে দিয়েছে, আর খাতায় মিসিং লিখে দিয়েছে। কে বলতে পারে? তবে এখন এই ধরনের কিছু হয় না। পুরো আইন মেনে চলি আমরা। আমাদের খাতাতেও এখন অনেক বেশী ইনফর্মেশন থাকে।’’

এখনকার খাতায় যতই ইনফর্মেশন থাকুক, ইংরেজ আমলের খাতায় কৃষ্ণচরণের ব্যাপারে আর কোনো ইনফর্মেশন পাওয়া গেল না। নব ওই খাতাটার আরও কয়েকটা পাতা উল্টেপাল্টে দেখেছিল, যদি পরে কোথাও আবার নতুন করে নামটা এন্ট্রি করা হয়ে থাকে। লাভ হলনা।

বিকেল পাঁচটা নাগাদ এক কাপ চা আর দুটো বিস্কুট গলাধ্বকরণ করে আশ্রমের প্রত্যেকের নাম নিজের আগামী বইতে উল্লেখ করার কথা দিয়ে মানে মানে কেটে পড়ল নব। তারপর সাইকেল চালিয়ে সোজা বাড়ী।

সন্ধ্যেবেলা নবর বাড়ীতে একদম শোকসভার আবহাওয়া নেমে এল। তিন দিনের অ্যাডভেঞ্চার পুরো ব্যর্থ! কালু ডাকাতের মুক্তির কোনো সুরাহা হল না। জগা আর বটেশ্বরের মুক্তির আশার সব আলো তো আগেই নিভে গেছে। একেই বোধহয় বলে দুর্ভাগ্য! যখন ঘাড়ে চাপে, জীবিত অবস্থায় তো বটেই, মরার পরেও ঘাড় থেকে নামতে চায় না। যে নব কিছুদিন আগেও ভূতের ভয়ে কাঁপত, সে নিজে জীবনে প্রথমবার মন্ত্র পড়ে দু-দুটো জলজ্যান্ত ভূতের সঙ্গে যোগাযোগ করল। তিনটে গ্রাম ঘুরে একটা মেয়ের খোঁজ করল। নিজের পয়সায় একটা লোককে মদ খাইয়ে সুপরিকল্পিতভাবে তার পেটের কথা বার করল। শহরের অনাথ আশ্রমের অতগুলো লোককে বোকা বানিয়ে ওখানকার পুরোনো তথ্য ঘেঁটে দেখল। কিন্তু ফল হল লবডঙ্কা!

অন্ধকার ঘরে বসে গালে হাত দিয়ে বিষন্ন মনে এই কথাগুলোই ভাবছিল নব। একটু দুরে ঘরেরই এক কোণে গুম মেরে ছিলেন বটেশ্বর। আর জগা তো বাড়ীই আসেনি। আগের দিন থেকেই সে যারপরনাই হতাশ, অনাথ আশ্রমের ঘটনায় সেই হতাশা আরও বেড়ে গেছিল। শহর থেকে ফেরার পথে বটেশ্বরের সঙ্গে তুমুল ঝগড়া লাগল একপ্রস্থ। শেষে ''দুত্তোর, কিচ্ছু ভালো লাগছে না!'' বলে কোথায় যে চলে গেল কেউ জানে না। নব বারকতক ডেকেছিল, পাত্তাই দেয়নি। উল্টে সেই সময়ে ওই রাস্তা দিয়ে যাওয়া একটা বুড়ো লোক বলে গেল, ''কি হে। ফাঁকা মাঠের দিকে তাকিয়ে কাকে ডাকছ? চোখের মাথা খেয়েছ? নাকি দিনেরবেলা খোয়াব দেখছ?''

অনেক্ষণ চুপচাপ থাকার পর নীরবতা ভাঙলেন বটেশ্বর, ‘‘আমার খুব খারাপ লাগছে। তোমার এত হয়রানি হল, অথচ কাজের কাজ কিছুই হল না।’’

‘‘ওভাবে কেন বলছেন জেঠু?’’

‘‘তোমাকে তো আমরা কিছু দিতে পারব না। তুমি পুরো নিঃস্বার্থভাবে আমাদের জন্য এত কিছু করলে। স্কুলে ছুটি নিয়ে মেয়েটাকে খুঁজলে। জীবনে প্রথমবার মদ খেলে। অনাথ আশ্রমে অতগুলো মিথ্যে বললে। আমরা মুক্তি পেলে হয়তো তোমার ভালো লাগত। সেটুকুও পেলে না তুমি।’’

‘‘আপনি আমাকে বড্ড পর করে কথা বলছেন কিন্তু।’’ একটু অনুযোগের সুরে বলল নব।

‘‘আমি তোমাকে পর করার কে?তুমি আমাদের জন্য যা করলে সেটা আপন লোকেরাও করে না।’’

‘‘আমি যা করেছি, আপন ভেবেই করেছি। শুধু পরোপকারের জন্য করিনি। সত্যি কথা বলতে কি, এতদিন আমার জীবনটা একদম ফাঁকা ছিল। ছোটবেলায় মা মরে গেছিল, আর বাবাকে তো চিরকাল ভয় পেয়েই কাটিয়ে দিয়েছি। বাবার মেজাজ আর ওই ভূত ধরার জন্য সবাই আমাদের এড়িয়ে চলত। আমার কোনোদিন কোনো বন্ধু হয়নি। আত্মীয়স্বজনদের সঙ্গেও কোনো সম্পর্ক নেই। স্কুলে লাইব্রেরীয়ানের চাকরি পাবার পর থেকে শুধু বইই ছিল আমার সঙ্গী। আপনাদের সঙ্গে যোগাযোগ হবার পর প্রথমবার আমার মনে হয়েছিল যে আমি একা নই। কেউ আছে যার সঙ্গে আমি দুবেলা গল্প করতে পারি, নিজের মনের কথা জানাতে পারি, ঝগড়া করতে পারি, অভিমান করতে পারি। আগে তো এই বাড়ীটা অন্ধকার গুহার মতো ছিল। বাবা মারা যাবার পর অনেকদিন স্কুলের পর আমার বাড়ী ফিরতে ইচ্ছাই করত না। ফাঁকা বাড়ীটা গিলতে আসত আমাকে। কিন্তু কোথায় যাব? কার কাছে যাব? তাই নিজের মনকেই বুঝিয়ে নিয়েছিলাম। আপনি

আর জগা যখন এবাড়ীতে ঝগড়া করতেন, তখন আমার মনে হত এতদিনে বাড়ীটা ঠিকঠাক হয়েছে।''

বটেশ্বর চুপ করে রইলেন।

একটু থেমে নব আবার বলল, ''আমার নিজের এক জেঠু আছে, বাবার বড়দা। তার দুটো ছেলেও আছে। কিন্তু তাদের কাউকেই আমি চোখে দেখিনি। আপনার আর জগার মধ্যেই আমি আমার জেঠু আর জ্যাঠতুতো ভাইকে দেখতে পেয়েছিলাম। যা করেছি, সেই অনুভূতি থেকেই করেছি। কাজেই আপনি যে বললেন আপনারা আমাকে কিছুই দিতে পারবেন না, সেটা মন থেকে মুছে ফেলুন। আপনারা আমাকে কি দিয়েছেন সেটা আপনারা নিজেরাই জানেন না।''

একটা দীর্ঘশ্বাস ফেলে বটেশ্বর বললেন, ''তুমি খুব ভালো ছেলে নব। এভাবে একা একা থেকে নিজেরজীবনটা নষ্ট কোরো না। সংসার করো ভালো করে।''

''সংসার? মানে বিয়ে? সেসব আমার আর হবে না।''

''হবে না কেন?''

''বিয়ে-টিয়ে অনেক ঝক্কির ব্যাপার। কে দেবে আমার বিয়ে? আর ভূত্রাস ভবতারণের ছেলেকে মেয়েই বা দেবে কোন বাবা?''

''কিন্তু এভাবে একা কতদিন থাকবে তুমি? তোমার বাবার কাজের জন্য যেসব সমস্যা হয়েছিল সেগুলো কাটিয়ে ওঠো। আত্মীয়স্বজনদের সঙ্গে আবার যোগাযোগ করো। ওনারাই তোমার বিয়ে দেবেন।''

''সেটা আর সম্ভব নয় জেঠু। সেসব রাস্তা বাবা একেবারে বন্ধ করে দিয়ে গেছে। সম্পর্কগুলো এতটাই বিষিয়ে গেছে যে আমি চাইলেও আর ওগুলো

ঠিক হবে না। যদি হয়ও, সেটা একেবারেই লোক-দেখানো হবে। তাই সেটা আমি চাইও না।''

''তুমি বুঝতে পারছ না। দিনের পর দিন একা থাকতে থাকতে একসময় মানসিক রুগী হয়ে পড়বে। আমার চেনা একজন লোকের এরকম হয়েছিল। তিনি খুবই বদমেজাজী ছিলেন, কারোর সঙ্গে সম্পর্ক রাখতেন না, একা থাকতেন। শেষে একদম পাগল হয়ে যান। তুমি কি চাও তোমারও সেই অবস্থা হোক?''

''একেবারেই চাই না। আর সেই ব্যাপারে আপনিই আমাকে সাহায্য করতে পারেন।''

''আমি? আমি কি সাহায্য করব?''

''আপনি আমার সঙ্গে থাকুন। তাহলেই আর আমাকে একা থাকতে হবে না।''

''আমি থাকতেই পারি। কিন্তু সেটা তো কোনো সমাধান নয়। আমি তো ভূত। তুমি জীবিত মানুষ, তোমার তো মানুষের সঙ্গ দরকার।''

নব হেসে বলল, ''অনেক জীবিত মানুষ তো দেখলাম জেঠু। জীবিত মানুষেরা শুধু একটা জিনিসই বোঝে, স্বার্থ। আমাকে সঙ্গ দিলে তো সংসারের কারোর কোনো স্বার্থসিদ্ধি হবে না, তাই কেউ দেবেও না। আমার জন্য ভূতের সঙ্গই ঠিক আছে। তাছাড়া জগা কোথায় গেল সেটা তো বুঝতেই পারলাম না। ও নির্ঘাত এখানেই ফিরে আসবে। তখন আপনাকে এখানে না পেলে কোথায় খুঁজতে যাবে? কাজেই আপনি এখানেই থাকুন। আপনার থাকা-খাওয়ার জন্য তো আমার কোনো খরচও হবে না। কাজেই চিন্তা কি?''

আরও অনেক্ষণ ধরে চেষ্টা করেও নবকে বোঝাতে না পেরে শেষমেষ তার প্রস্তাবেই রাজী হয়ে গেলেন বটেশ্বর। আপাতত ছেলেটাকে সঙ্গ দেওয়া যাক। পরে অন্যভাবে বোঝাতে হবে। এই কয়েক দিনে নবকে বেশ ভালো লেগে গেছে তাঁর। এরকম ছেলেই হয়তো তিনি চেয়েছিলেন, পরিবর্তে পেয়েছেন জগার মতো একটা অকালকুষ্মান্ড! এই ছেলেটার জীবনটা এভাবে কাটতে দেওয়া যাবে না। একটা সুন্দর সংসার গড়ে তোলার স্বপ্ন একে দেখাতেই হবে।

থেকে যাওয়ার আরও একটা কারণ ছিল অবশ্য। তাঁদের মুক্তি পাবার সম্ভাবনাটা খুব উজ্জ্বল হয়ে ওঠার পর অমন দুম করে নিভে যাওয়ায় জগার মতোই যারপরনাই হতাশ হয়ে পড়েছিলেন তিনিও। আপাতত কোথাও যেতে ইচ্ছেও করছিল না তাঁর। এখানে কিছুদিন থেকে মনটাকে একটু ঠিকঠাক করে নিয়ে তারপর নাহয় ভেবে দেখবেন কোথায় যাওয়া যায়।

মোটামুটি জমে উঠল মানুষ-ভূতের সংসার। বটেশ্বরের মধ্যে নব একসঙ্গে অভিভাবক আর বন্ধু দুটোই পেয়ে দারুন খুশী হয়ে উঠল। স্কুল থেকে ফিরে সারা সন্ধ্যে নানা গল্পে কাটতে লাগল দুজনের। বটেশ্বর শোনাতেন তাঁর কথা। কিভাবে তাঁর বাবার অতিরিক্ত মদ্যপান আর ছন্নছাড়া জীবনযাপনের ফলে তাঁদের পারিবারিক ব্যবসা মুখ থুবড়ে পড়েছিল, দেনার দায়ে নিজেদের কলকাতার বাড়ী বিক্রী করে সর্বস্বান্ত হয়ে গ্রামে গিয়ে ঘর বাঁধতে হয়েছিল - সেসব গল্প। একটা সরকারী চাকরি পাবার পর তিনি ভেবেছিলেন আবার নতুন করে শুরু করবেন সবকিছু। কিন্তু পোড়া কপাল! ছেলের জন্ম দিতে গিয়েই মারা গেল তাঁর বউ। আর ছেলেটাও বড় হতে না হতেই বখে গেল পুরোপুরি। মাঝে মাঝেই বটেশ্বরের মনে হত তাঁর মরা বাবা বুঝি জগার রূপ ধরেই আবার জন্ম নিয়েছে!

এসব গল্প গোগ্রাসে গিলত নব। কখন যে সন্ধ্যে পেরিয়ে রাত হয়ে যেত সে টেরই পেত না।

শুধু গল্প নয়, রান্নাবান্নাও হত। বটেশ্বর চমৎকার রান্না করতে পারতেন। স্ত্রী-বিয়োগের পর চব্বিশ বছর দুবেলা তিনিই রান্না করতেন ঠিকই, কিন্তু রান্নার প্রতি তাঁর ঝোঁক ছোটবেলা থেকেই। কিশোর বয়সে তাঁর স্বপ্ন ছিল একটা বড়োসড়ো খাবারের দোকান খুলবেন, আর সেখানে তৈরী করবেন নিজের মনের মতো সব পদ। গ্রামের ফাঁকা বাড়ীতে দুজনের জন্য ডাল-ভাত রাঁধতে রাঁধতে বহুদিন সেই অপূর্ণ স্বপ্নের স্মৃতিচারণ করেছেন তিনি। তাঁর সেই স্বপ্নটাকেই একটু খুঁচিয়ে দিয়েছিল নব। মাঝেসাঝেই বানানো হত বটেশ্বরের পছন্দের কোনো না কোনো পদ। বটেশ্বরের নির্দেশমতো রান্না করত নব। ভালো হলে সেদিন মহাভোজ, আর খারাপ হলে পরস্পরের ঘাড়ে দোষ চাপাত দুজনে।

সুযোগমতো নবকে সংসার করার কথাও বিভিন্নভাবে বোঝানোর চেষ্টা করতেন বটেশ্বর। নব যদিও সেসব কথায় পাত্তা দিত না মোটেই।

এক মাস বাদে হঠাৎ একদিনফিরে এল জগা। গভীর রাতে, হন্তদন্ত হয়ে। এসেই নবকে ধরল, ‘‘কাল স্কুলে ছুটি নিতে হবে তোমাকে।’’

‘‘কেন? কি হয়েছে?’’

‘‘আমাদের গ্রামের একটা ছেলে খুব বিপদে পড়েছে। তাকে বাঁচাতে হবে।’’

9

এক মাস ধরে জগা বিভিন্ন গ্রামেগঞ্জে ঘুরে বেরিয়েছে ভ্যাগাবন্ডের মতো। বেশ কিছু নতুন ভূতের সঙ্গে পরিচয়ও হয়েছে তার। বিভিন্ন কারণে সেইসব ভূতেরা মুক্তি পায়নি। তাদের মধ্যে কারোর কারোর অবস্থা জগার মতোই শোচনীয়, মুক্তির কোনো পথও খোলা নেই। ছেলে-ছোকরা, মাঝবয়সী, বুড়ো-বুড়ি - সবরকম ভূতই আছে সেই দলে। কেউ কেউ বহুদিন ধরে ভোগ করছে এই বিড়ম্বনা। এক বুড়ি তো প্রায় তিরিশ বছর আগে মরেছে। বেঁচে থাকতে তার ছেলে তাকে দেখত না, মায়ের শ্রাদ্ধও করেনি। তার বংশধরেরা সেটা জানেও না। ফলে বুড়ি আটকে আছে এখনও।

এইসব ভূতেদের দেখে ক্রমশ জগার হতাশা অনেকটাই কেটে গেছে। সে বুঝতে পেরেছে সে আর তার বাবাই শুধু এই দুর্ভাগ্যের শিকার নয়। ওদের থেকেও অনেক বেশী দুর্ভাগা ভূত জগতে রয়েছে।

হতাশাটা কেটে মনটা একটু ঠিকঠাক হবার পর জগার খুব ইচ্ছে হচ্ছিল গ্রামে নিজেদের বাড়ীতে যেতে। অনেকদিন যায়নি। বাড়ীটা আছে তো এখনও? নাকি ওই জায়গা দখল করে ওই বাড়ী ভেঙে নতুন বাড়ী বানিয়ে ফেলেছেকেউ? বাধা দেবার তো কেউ নেই। তাছাড়া গ্রামের লোকজন কেমন আছে সে খবরও তো অনেকদিন নেওয়া হয়নি। সেই বাবার সঙ্গে ভূত্রাস ভবতারণের খোঁজে বেরোনোর পর থেকে তো গ্রামে ফেরাই হয়নি। মাসদেড়েক হয়ে গেল প্রায়।

যেমন ভাবা তেমনি কাজ। ঐ দন্ডে জগা বেরিয়ে পড়ল গ্রামের উদ্দেশ্যে। তবে সময় লাগল বেশ কিছুটা। এতদিন উদ্দেশ্যহীনভাবে ভেসে ভেসে অনেক দূরে চলে এসেছিল তো। পথ খুঁজে ফিরতে হল। রাস্তায় আবার একটা অচেনা ভূত ভুল রাস্তা বাৎলেছিল। সে ভূতটা বড্ড বেখেয়ালী। জগা বলেছিল 'পলাশপুর', কিন্তু ভূতটা আপন খেয়ালে 'পলাশনগর' শুনে পুরো উল্টোদিকে পাঠিয়ে দিয়েছিল জগাকে। পলাশনগরে পৌঁছে তো জগা অথৈ জলে! তারপর খেয়াল করল পলাশনগর হয়ে বাস যায় মাথাভাঙা গ্রামে। ঐ মাথাভাঙা গ্রাম থেকে একটা বাস তাদের পলাশপুর গ্রামে যায়, এটা জগা

জানত। তাই আর কাউকে কিছু জিজ্ঞেস না করে বাসের রাস্তা ধরে মাথাভাঙা হয়ে অবশেষে গ্রামে এসে পৌঁছল এক সন্ধ্যেবেলায়।

গ্রামে ঢুকেই জগা টের পেল যে হাওয়া গরম। সবাই বেশ উত্তেজিত, কিছু একটা ঘটেছে।

নবীনের মিষ্টির দোকানটাই বাজারের সবচেয়ে বড়ো দোকান। দোকানটার সামনে তিনটে লম্বা লম্বা বেঞ্চ পাতা থাকে। খদ্দেরের ভীড় তো থাকেই, তাছাড়া সন্ধ্যেবেলায় পাড়ার তথাকথিত মুরুব্বিরা ওখানে আসর বসান। নবীন চা-টা বড়োই ভালো বানায়। আর তেলেভাজা তো অসাধারণ, আশেপাশের দু-তিনটে গ্রামে নবীনের তেলেভাজার সুখ্যাতি আছে। কাজেই সান্ধ্যকালীন আড্ডাটা জমে ভালো।গ্রামের আর গ্রামের বাইরের নানারকম উল্লেখযোগ্য সংবাদ নিয়ে তুমুল আলোচনা আর তর্ক-বিতর্ক চলে। জগা সেখানেই দাঁড়িয়ে গেল। আর লোকজনের উত্তেজিত আলোচনা থেকে যেটা জানতে পারল সেটা রীতিমতো চাঞ্চল্যকর।

ফটোগ্রাফার বিষ্ণু লক্ষ্মীকে নিয়ে পালিয়েছে!

বিবেকবাবুর বড়ো মেয়ে লক্ষ্মীর সঙ্গে বিষ্ণুর লুকোনো প্রেমের খবর জগা ছাড়া গ্রামের কেউ জানত না। জগাও জানতে পেরেছিল মরে ভূত হবার পর। দুটো মিষ্টি ছেলে-মেয়েকে প্রেম করতে দেখে তার ভালোই লাগত, যদিও ঐ প্রেমের আদৌ কোনো ভবিষ্যত আছে কিনা সেটা সেও বুঝতে পারত না। কিন্তু তাই বলে দুজনে যে পালাবে, এটা তার মাথাতে আসেনি কখনও। বিশেষ করে লক্ষ্মীর বাবা যেখানে বিবেকবাবু। ভদ্রলোকের পয়সা আর যোগাযোগ এতটাই যে ওনার হাত থেকে পালিয়ে পার পাবার উপায় প্রায় নেই বললেই চলে।

কিন্তু ঘটনা সেইরকমই ঘটেছে। পাঁচ দিন হল বিষ্ণু আর লক্ষ্মী উধাও। শুধু উধাও বললে কম বলা হয়, বেশ নাটকীয়ভাবে উধাও। পাঁচ দিন আগে বিষ্ণুর কলকাতায় কোথায় যেন একটা ছবি তুলতে যাবার কথা ছিল।

কলকাতা যাবার সাধারণ পথ হল গ্রাম থেকে বেরিয়ে খানিক হেঁটে বড়োরাস্তায় গিয়ে বাস ধরা। বাসে চারটে স্টপ গেলে স্টেশন, সেখান থেকে ধরতে হয় ডাউন ট্রেন। বিষ্ণু সকালেই ক্যামেরা-ট্যামেরা নিয়ে বেরিয়ে গেছিল। সেদিন বেলার দিকে লক্ষ্মীও দোকানে যাবার নাম করে বাড়ী থেকে একা বেরিয়েছিল। আর ফেরেনি। শুধু তার ঘরে একটা ছোট্ট চিঠি পাওয়া গেছে। বাবা-মাকে লেখা - ‘‘আমি বিষ্ণুকে ভালোবাসি। ওর সঙ্গে চলে যাচ্ছি। আমরা বিয়ে করে সুখে থাকব। আমাদের খোঁজার চেষ্টা কোরো না।’’

বিবেকবাবু তো বিকেলের মধ্যে আশেপাশের সাত আটটা গ্রাম গরুখোঁজা করে ফেলেছিলেন পুলিশ আর নিজের লোকজন দিয়ে। পাওয়া যায়নি দুজনের কাউকেই। কলকাতাতেও লোক পাঠিয়েছিলেন। কিন্তু অত বড় শহরে দুটো সাধারণ লোককে খুঁজে বের করা খড়ের গাদায় ছুঁচ খোঁজার থেকেও কঠিন। আর যে ছেলে বিবেকবাবুর মেয়েকে নিয়ে পালাচ্ছে সে কেনই বা কলকাতায় বসে থাকবে?দূরপাল্লার কোনো ট্রেনের টিকিট কেটে বিবেকবাবুর নাগালের যতটা সম্ভব বাইরে চলে যাবার চেষ্টা করাটাই বুদ্ধিমানের কাজ। ফলে কলকাতা থেকেও খালি হাতেই ফিরে এসেছিল বিবেকবাবুর লোকেরা।

এই পর্যন্ত ঘটনাটাই গ্রামের নিস্তরঙ্গ জীবনে আলোড়ন তুলে দেবার পক্ষে যথেষ্ট ছিল। কিন্তু নাটক এর পরেও আরেকটু গড়িয়েছে। সেদিনই অনেক রাতে বিষ্ণু চুপি চুপি ফিরেছিল গ্রামে। বোধহয় পালানোর সময় তাড়াহুড়োয় জরুরী কিছু ফেলে গেছিল, সেটাই নিতে এসেছিল। ভেবেছিল রাতের অন্ধকারে কাজ হাসিল করে পালাবে। কিন্তু গ্রামের কিছু ছেলে রাত জেগে বিষ্ণুর বাড়ীর ওপর নজর রেখেছিল। তারাই একদম হাতেনাতে ধরে ফেলে বিষ্ণুকে। ধরে একদম টেনে নিয়ে যায় বিবেকবাবুর কাছে।

ধরা পড়ে যাওয়ায় বিষ্ণু প্রথমটায় দারুণ অভিনয় করে সবাইকে বোকা বানানোর চেষ্টা করেছিল। সম্পূর্ণ ব্যাপারটা অস্বীকার করেছিল সে। কিন্তু যখন হাতে গরম প্রমাণ হিসেবে লক্ষ্মীর চিঠিটা দেখানো হল তখন সে স্বীকার করতে বাধ্য হয় তাদের প্রেমের কথা। লক্ষ্মীকে নিয়ে পালানোর কথা

অবশ্য কোনোভাবেই স্বীকার করেনি। বিবেকবাবুর হাতের দুটো পেল্লায় থাপ্পড় আর গ্রামের কিছু উত্তেজিত ছেলের কিল-ঘুসি খেয়েও নয়।

রাত প্রায় দেড়টা পর্যন্ত নানাভাবে চেষ্টা করেও যখন বিষ্ণুর মুখ খোলানো গেলনা, তখন বিবেকবাবু সিদ্ধান্ত নিয়েছিলেন বিষ্ণুকে বাকী রাতটা ঘরে তালাবন্ধ করে রেখে সকালে পুলিশের হাতে তুলে দেবেন। একবার পুলিশের লাঠি পিঠে পড়লেই পেটের সব কথা গলগলিয়ে বেরিয়ে আসবে। বিবেকবাবুর নির্দেশে তাঁর এক দারোয়ান বিষ্ণুর ঘাড় ধরে নিয়ে যাচ্ছিল দারোয়ানের ঘরে বন্দী করে রাখতে। কিন্তু মারধর খেয়ে নেতিয়ে পড়া বিষ্ণু যে আচমকা অমন গা-ঝাড়া দিয়ে উঠবে সেটা সে ভাবতে পারেনি। লোকজনের ভীড় থেকে একটু আলাদা হতেই বিষ্ণু হঠাৎ লাফিয়ে উঠে দারোয়ানটাকে মারে এক ধাক্কা। বেমক্কা ধাক্কায় দারোয়ান চিৎপাত, আর সেই সুযোগে এক ছুটে বাগান পেরিয়ে পাঁচিল টপকে বিষ্ণু আবার পগার পার!

রাতের অন্ধকারে আর খুঁজে পাওয়া যায়নি বিষ্ণুকে। ফলে সন্ধান পাওয়া যায়নি লক্ষ্মীরও।

গোটা ঘটনাটা জানতে পেরে মনটা খারাপ হয়ে গেছিল জগার। বিষ্ণু ছেলেটাকে সে ভালো ছেলে বলেই জানত। বেঁচে থাকতে গ্রামের যে হাতে গোনা তিন-চারটে লোক জগার সঙ্গে খারাপ ব্যবহার করত না, তাদের মধ্যে বিষ্ণু একজন। শুধু তাই নয়, বার দুয়েক জগাকে সে পাঁচ-দশ টাকা ধারও দিয়েছিল। জগা সেই ধার শোধ করতে পারেনি ঠিকই, কিন্তু তার জন্য কখনও বিষ্ণু তাকে কোনো তাগাদা দেয়নি বা কটু কথা শোনায়নি। বরং বলেছিল, ‘‘কোনো তাড়া নেই। যখন সম্ভব হবে তখন দিয়ো।’’

এরকম মহৎ মনের একটা ছেলে স্রেফ একজনকে ভালোবেসে এমন হয়রানির শিকার হচ্ছে, এটাই ব্যথিত করে তুলছিল জগাকে। বিষ্ণুর ভাড়াবাড়ীটাতেও একবার উঁকি দিল সে, ভেতরে সবকিছু ছত্রখান হয়ে রয়েছে। গ্রামের উত্তেজিত ছেলেপুলেরই কাজ এটা। বিষ্ণুকে না পেয়ে তার জিনিসপত্রের ওপর চড়াও হয়েছে।

ভারাক্রান্ত মনে জগা ভাসতে ভাসতে নিজের বাড়ীতে চলে এল। ভূতুড়ে গোছের বাড়ীটা একইরকম আছে। একেতেই বাড়ীটা গ্রামের এক কোনে, তার ওপর এবাড়ীতে জগা অপঘাতে মরেছে। ভূতের ভয়ে এমনিতেই বাড়ীটাকে এড়িয়ে চলে গ্রামবাসীরা। কে আর দখল নিতে আসবে?

কিন্তু বাড়ীর ভেতরে যে কোনো জ্যান্ত মানুষের দেখা পাওয়া যেতে পারে সেটা একেবারেই কল্পনাতীত ছিল। তাই ভূত দেখে মানুষ যেমন আঁতকে ওঠে, শোবার ঘরে ঢুকে এক কোনে একটা মানুষকে গুটিসুটি মেরে বসে থাকতে দেখে ঠিক তেমনটাই আঁতকে উঠল জগা! আর পরক্ষণেই সে আরও বেশী চমকে গেল যখন দেখল সেই মানুষটা আর কেউ নয়, বিষ্ণু।

লক্ষ্মীর সঙ্গে লুকিয়ে প্রেম করেছে - ভালো কথা। জানাজানি হলে সেই প্রেম টিকবে না, তাই লক্ষ্মীকে নিয়ে গ্রাম থেকে পালিয়েছে - আরও ভালো কথা। তাড়াহুড়োয় পালানোর সময় হয়তো জরুরী কিছু ফেলে গেছিল, যেটা নিতে এসে ধরা পড়ে গেছে - ঠিক আছে। মারধর খেয়েও কোনওভাবে গ্রামের লোকেদের নাগাল থেকে বেরিয়ে আবার পালিয়েছে - খুব ভালো। এই পর্যন্ত সবকিছু ঠিকঠাক মিলে যাচ্ছে। কিন্তু এসবই তো পাঁচ দিন আগেকার ঘটনা। এতদিনে তো লক্ষ্মীকে নিয়ে বিষ্ণুর অনেক দূরে সুরক্ষিত কোথাও পৌঁছে যাওয়া উচিত ছিল। তাহলে বিষ্ণু এখানে লুকিয়ে আছে কেন? মুখচোখ আর চেহারার অবস্থা তো মনে হচ্ছে গত কয়েকদিন ধরেই পালিয়ে পালিয়ে বেড়াচ্ছে। জামাকাপড় ময়লা, চুল উস্কোখুস্কো, গালে খোঁচা খোঁচা দাড়ি। তার ওপর চোখেমুখে একটা শুকিয়ে যাওয়া ভাব, যেটা জগা ভুক্তভোগী হিসেবে খুব ভালো চেনে। এটা হল পেটে ঠিকঠাক খাবার না পড়ার ফল।

এই বাড়ীটাকে গ্রামবাসীরা এড়িয়ে চলে, এখানে পারতপক্ষে কেউ তাকে খুঁজতে আসবে না, সেই কারণেই সম্ভবত বিষ্ণু এখানে এসে লুকিয়েছে। কিন্তু কেন? তার জিনিসপত্র তো সবই ভেঙেচুরে নষ্ট করে দিয়েছে এরা। তা সত্বেও সে পালাচ্ছেনা কেন এখান থেকে?তাছাড়া লক্ষ্মীই বা কোথায়? পাঁচ

দিন আগে দুজনে একসঙ্গে পালিয়েছে, কিন্তু এখানে তো বিষ্ণু একা। তাহলে কি এর পেছনে অন্য কোনো গল্প আছে?

অশরীরী জগার পক্ষে এইসব প্রশ্নের উত্তর খুঁজে বের করা খুব সহজ কাজ নয়। আর তাকে সাহায্য করতে পারে, এমন জীবিত মানুষ সংসারে একজনই আছে। তাই সে ওই রাতেই উর্দ্ধশ্বাসে উড়ে এসেছে সরষেপুরের সরকারবাড়ীতে।

গোটা ঘটনাটা শুনে নবর মনেও সন্দেহ উঁকি দিতে শুরু করল। বিষ্ণুর গ্রাম ছেড়ে পালানোটাই স্বাভাবিক ছিল। কেন সে এখনও লুকিয়ে রয়েছে সেটা জানা দরকার। গ্রামবাসীরা তো তাকে পেটাবার জন্য আস্তিন গুটিয়েই রেখেছে। সে যদি সত্যিই কোনো সমস্যায় পড়ে থাকে, গ্রামবাসীদের কাছ থেকে কোনো সাহায্য পাবে না।

অনেক্ষণ আলোচনার পর প্ল্যান ঠিক হল। জগা এখনই আবার ফিরে যাবে গ্রামে। গিয়ে নজর রাখবে বিষ্ণুর ওপর। কাল সকালে বটেশ্বর নবকে নিয়ে যাবেন তাঁদের বাড়ীতে। ভিন গ্রামের অচেনা লোক দেখে সম্ভবত বিষ্ণু পালাবে না। নব কথায় কথায় আলাপ জমিয়ে বিষ্ণুর কাছ থেকে আসল ঘটনা জানার চেষ্টা করবে। তারপর অবস্থা বুঝে ব্যবস্থা।

জগা আবার চলে যাবার পর নব বলল, ‘‘আজ মনে হচ্ছে আর ঘুম আসবে না।’’

‘‘তোমার জন্য আমার সত্যিই এবার খারাপ লাগছে।’’ বললেন বটেশ্বর, ‘‘ভূতের পাল্লায় পড়ে তোমাকে কত যে হয়রানি পোহাতে হচ্ছে। আর তুমিও ভালোমানুষ, সবকিছুতেই রাজী হয়ে যাচ্ছ।’’

‘‘কি বলছেন জেঠু! একটা ছেলে ভালোবেসে এমন বিপদে পড়েছে, তাকে সাহায্য করাটা হয়রানি কেন হবে? এটা তো একটা মহৎ কাজ।’’

''মহৎ কাজ না ছাই! যত সব বদ ছেলেপুলে, মেয়েদের ফুসলিয়ে নিয়ে পালিয়ে বিয়ে করে। কোনো সৎসাহস নেই। এরা সবসময় বিপদেই পড়ে।''

''যাই বলুন, আমার কিন্তু বেশ উত্তেজনা হচ্ছে।''

''বেশী উত্তেজনা শরীরের পক্ষে ভালো নয়। ঘুমিয়ে পড়ো। ভোরবেলা উঠে আবার বেরোতে হবে।''

ঘন্টা তিনেকের বেশী ঘুম হলনা যদিও। ভোরের আলো ভালো করে ফোটার আগেই পাঁচটা গ্রাম পেরিয়ে সাইকেল ছুটিয়ে পলাশপুরে পৌঁছে গেল নব। সরাসরি গ্রামে ঢুকলে কারোর না কারোর চোখে পড়ে যাবেই, তাই গ্রামের পাশের জঙ্গলের ভেতরে একটা ঝোপের মধ্যে সাইকেলটাকে লুকিয়ে জঙ্গলের ভেতর দিয়েই জগাদের বাড়ীর সামনে হাজির হল নিঃশব্দে। ঝোপঝাড় ডিঙিয়ে হেঁটে আসতে গিয়ে হাত-পায়ের কয়েকটা জায়গায় নুন ছাল উঠে বেশ চিড়বিড়িয়ে জ্বলছিল, একবার হোঁচট খেয়ে পড়ে হাঁটুতেও লেগেছিল। কিন্তু অ্যাডভেঞ্চার আর পরোপকারের নেশায় সেসব নব গ্রাহ্যই করেনি।

জগার ইশারায় খুব সন্তর্পণে একটুও আওয়াজ না করে সে সোজা গিয়ে হাজির হল শোবার ঘরে।

ঘরের এক কোণে দু-পায়ের ফাঁকে মাথা গুঁজে ঘুমিয়ে পড়েছিল বিষ্ণু। উৎকণ্ঠাময় কাঁচা ঘুম, নবর নিঃশ্বাসের আওয়াজেই ভেঙে গেল। লাফ দিয়ে উঠে পাশে রাখা একটা লোহার রড হিংস্রভাবে উঁচিয়ে ধরে দাঁতে দাঁত চেপে বলল, ''কাছে এলেই মারব!''

ভয়ে দু-পা পিছিয়ে গেল নব, ''ওরে বাবা, মারবেন কেন? আমি তো শুধু আমার পাওনা টাকা নিতে এসেছি।''

''মানে?''

‘‘এবাড়ীর ছেলে জগা আমার কাছ থেকে টাকা ধার নিয়েছিল ছমাস আগে। এখনও ফেরত দেয়নি। টাকাটা আমার আজই দরকার, তাই নিতে এসেছি। জগা বাড়ীতে নেই?’’

‘‘জগা? জগা তো মরে গেছে।’’

‘‘মরে গেছে? সে কি? কবে মরল?’’

‘‘অনেকদিন। তিন-চার মাস হয়ে গেছে।’’

‘‘হায় হায়! তাহলে আমার টাকা কে দেবে এখন?’’ নব কপাল চাপড়ে মাটিতেই বসে পড়ল, ‘‘টাকাটা যে আমার ভীষণ দরকার ছিল।’’

‘‘আপনি কে?’’

‘‘আমি নবতারণ সরকার। সরষেপুরে থাকি। অতদূর থেকে পাঁচটা গ্রাম পেরিয়ে এলাম সকাল সকাল টাকাটা পাব বলে, আর এই ব্যাটা জগা মরে গেছে! টাকা শোধ না দিয়ে কেউ মরে?’’

গ্রামের লোক নয় শুনে একটু আশ্বস্ত হল বিষ্ণু। হাতের রডটাও নামাল, ‘‘জগাকে টাকা ধার দিয়েছিলেন কেন? ওর অবস্থা তো খুব খারাপ ছিল। কাউকেই ফেরত দিতে পারত না। সেটা জানতেন না।’’

‘‘জানতাম। কিন্তু এমন কেঁদেকেটে চাইল যে না দিয়েও পারলাম না। তখন কি আর জানতাম যে দুম করে মরে যাবে?’’ একটা বড়োসড়ো দীর্ঘশ্বাস ফেলল নব, ‘‘কিন্তু আপনাকে তো ঠিক চিনলাম না। আপনি কি এখন এই বাড়ীতে থাকেন?’’

‘‘না। এই বাড়ীতে কেউ থাকে না। আমি এখানে লুকিয়ে আছি।’’

‘‘লুকিয়ে আছেন? কেন?’’

‘‘সে অনেক ঘটনা। বলার সময় নেই। আমি এখন বেরিয়ে যাব। কেউ যদি এদিকে খুঁজতে আসে তো বিপদ হবে। আপনার কাছে একটা অনুরোধ আছে। গ্রামের কেউ যদি আমার কথা জিজ্ঞেস করে তো দয়া করে বলবেন আমাকে আপনি দেখেননি।’’

‘‘সে নাহয় বলব। কিন্তু আপনাকে খুঁজছে কে?’’

‘‘এই গ্রামের সবাই।’’

‘‘তাহলে আপনি এখন বেরোচ্ছেন কেন? আমি আসার সময় দেখলাম ওই সামনের মোড়ে কয়েকটা ছেলে বসে গল্প করছে। আপনি এখন বেরোলে তো ধরা পড়ে যাবেন।’’

‘‘অ্যাঁ? মোড়ের মাথায়? কজন আছে বলুন তো?’’

‘‘পাঁচ-ছজন হবে।’’

বিষ্ণু হতাশ হয়ে আবার বসে পড়ল। বিড়বিড় করে বলল, ‘‘এরা আমাকে ছাড়বে না। সব দিক দিয়ে ব্যবস্থা করে রেখেছে।’’

নব একটু নরম গলায় বলল, ‘‘আপনাকে দেখে তো মনে হচ্ছে বেশ কয়েকদিন ধরে পালিয়ে বেড়াচ্ছেন। খাওয়াদাওয়াও ঠিকঠাক হচ্ছেনা নিশ্চয়ই?’’

গত পাঁচ দিনে এই প্রথম সহানুভূতির কথা শুনে বিষ্ণুর চোখে জল চলে এল। একটু ধরা গলায় বলল, ‘‘গত পরশু দুপুরে একটা রুটি খেয়েছি, তাও চুরি করে। তারপর থেকে আর কিছু না।’’

‘‘ও। আমার কাছে কয়েকটা নারকোলের নাড়ু আছে। জগার কাছ থেকে টাকাটা নিয়েই বাস ধরে শহরে যাবার কথা ছিল, তাই ভেবেছিলাম পথে খাব। এখন তো আর শহরে যাওয়া হচ্ছে না। আপনি দুটো নাড়ু খাবেন?’’

এই বুদ্ধিটা বটেশ্বরের। নবর বাড়ীতে একটা নারকোল গাছ আছে, দিন তিনেক আগে যেটা থেকে দুটো নারকোল পড়েছে। আগে নব একে তাকে দিয়ে দিত। এবার বটেশ্বরের উৎসাহে নারকোলদুটো কুরিয়ে অনেকগুলো নাড়ু বানিয়ে শিশিতে ভরে রেখেছিল। রাতে খাবার পর শেষ পাতে একটু মিষ্টমুখ ভালোই লাগে।

আজ সকালে বেরোনোর সময় বটেশ্বরই বললেন, ‘‘জগা কাল বলছিল না যে ওই ছেলেটার মুখ দেখে মনে হয়েছে ঠিকমতো খাবার-দাবার পায়নি? কয়েকটা নাড়ু নিয়ে যাবে নাকি সঙ্গে করে?যদি খায়।’’

নব ছটা নাড়ু নিয়ে এসেছিল। বিষ্ণু সবকটাই খেয়ে নিল গোগ্রাসে। আর সেই সুযোগে আরও দু-চারটে মিষ্টি কথা বলে তার কাছ থেকে গোটা ঘটনাটাই বের করে ফেলল নব। এবং আশানুরূপভাবেই জগার শোনা গল্পের সঙ্গে সেটা পুরোটা মিলল না।

যেদিন গোটা ঘটনাটা ঘটেছে, সেদিন বিষ্ণু নাকি সারাদিন ফটো তুলতে ব্যস্ত ছিল। কলকাতার একটা প্রাইভেট কোম্পানী তার সঙ্গে যোগাযোগ করেছিল সপ্তাখানেক আগে। সেই কোম্পানী বিভিন্ন জায়গার ভেঙেচুরে পড়া সব ঐতিহাসিক নিদর্শণ নিয়ে বই বের করবে ঠিক করেছে। সেই বইতে প্রচুর ছবিও থাকবে, আর সেই ছবি তোলার জনা তারা বিষ্ণুকে বেশ ভালো পয়সা অফার করে। বিষ্ণুও রাজী হয়ে যায়। পাঁচদিন আগে ওই ছবি তোলার প্রথম দিন ছিল। তাকে কোম্পানীর তরফ থেকে একটা ঠিকানা দেওয়া হয়েছিল। জায়গাটা কলকাতা থেকে প্রায় ঘন্টা দুয়েকের বাস-দূরত্বে। সেখানে একটা শিব মন্দির আছে, সেটার ডিটেল ছবি তুলে আনতে হবে। বিষ্ণু সেদিন সারাদিন সেই ভগ্নপ্রায় মন্দিরের ছবি তুলেছে। কথা ছিল কয়েকদিন বাদে ছবিগুলো ডেভেলাপ করে সে কলকাতার অফিসে নিয়ে

গিয়ে জমা দেবে আর টাকা পেয়ে যাবে। সারাদিন ছবি তুলে অনেক রাতে সে যখন বাড়ী ফিরে ঘরের তালা খুলছে, তখন হঠাৎ গ্রামের কিছু লোক ছুটে এসে তাকে ধরে মারতে শুরু করে। সে কিছু বুঝে ওঠার আগেই তাকে বেশ কয়েক ঘা লাগিয়ে টানতে টানতে নিয়ে যাওয়া হয় বিবেকবাবুর বাড়ীতে। সেখানে গিয়ে সে জানতে পারে লক্ষ্মীকে পাওয়া যাচ্ছে না।

বিষ্ণুর স্বপক্ষে যুক্তি হল, সে যদি লক্ষ্মীকে নিয়ে পালাবার প্ল্যানই করে থাকে, তাহলে রাতে গ্রামে ফিরে এল কেন? এটা তো জানা কথা যে ফিরলে ধরা পড়ে যাবার সম্ভাবনাই সিংহভাগ। কিন্তু তার যুক্তির ধার ধারছে না গ্রামের কেউই। সবাই ধরেই নিয়েছে যে সেই লক্ষ্মীকে ভাগিয়েছে। আর সবচেয়ে বড়ো প্রমাণ হল লক্ষ্মীর লেখা চিঠিটা। সেটাতে লক্ষ্মী স্পষ্টভাবে লিখে গেছে যে সে বিষ্ণুর সঙ্গেই পালাচ্ছে।

ওই চিঠিই এখন বিষ্ণুর প্রধান শত্রু এবং সন্দেহের কারণ।

''সন্দেহ কেন?'' জিজ্ঞেস করল নব, ''আপনার কি ধারণা চিঠিটা জাল? লক্ষ্মী ওরকম চিঠি লিখতে পারে না?''

''না। আমি চিঠিটা দেখেছি। ওটা লক্ষ্মীরই লেখা। আর ও লিখতেও পারে। আমার সঙ্গে পালাবার জন্য ও অনেকদিন থেকেই রাজী ছিল।''

''অ্যাঁ? পালাতে রাজী ছিল?''

''ও খুব ভালো করে জানত যে ওর বাবা আমাদের সম্পর্কটা কোনওদিন মেনে নেবেন না। তাই ও বেশ কয়েকবার আমাকে বলেছিল ওকে নিয়ে পালিয়ে যেতে। কিন্তু আমি রাজী হইনি। কেন পালাব? আমি প্রেম করেছি, কোনো পাপ তো করিনি। লক্ষ্মীর সঙ্গে যদি আমার বিয়ে না হয়, সেটা মেনে নেবার মতো মনের জোর আমার আছে। কিন্তু কাপুরুষের মতো পালানো আমার রক্তে নেই।''

''তাহলে লক্ষ্মী ওই চিঠি লিখল কেন? আর গেলই বা কোথায়?''

''সেটাই তো বুঝতে পারছি না। ও জানত যে ওই দিন আমি ছবি তুলতে বাইরে যাব, সারাদিন থাকব না। তাও কেন চিঠি লিখে বেরোলো? আমার মনে হচ্ছে এর মধ্যে একটা ষড়যন্ত্র আছে। আর ষড়যন্ত্রের মূলে আছে ওই অসিতকুমার।''

''অসিতকুমার? তিনি আবার কে?''

''একটা বাজে লোক। সারাদিন ফুর্তি করে আর সবাইকে নিজের ব্যাপারে মনগড়া সব গল্প বলে বেড়ায়। গ্রামের ছেলেদের নিয়ে যাত্রা করে মাঝে মাঝে, তাতেই গ্রামের সবাই ওকে মাথায় করে রাখে।''

''যাত্রা-টাত্রা করা তো ভালো জিনিস। তা ওই লোককে আপনার সন্দেহ কেন?''

''কারণ লক্ষ্মীর ওপর ওর নজর আছে। ইদানিং বিবেকবাবুর সঙ্গেও কিভাবে যেন বেজায় ভাব জমিয়েছে। লক্ষ্মীও আমাকে দু-একবার বলেছিল, লোকটা নাকি মাঝেমাঝেই ওদের বাড়ীতে যায় আর বড্ড ছোঁকছোঁক করে। মনে হয় ও কোনওভাবে আমাদের প্রেমের ব্যাপারটা জানতে পেরেছে। তাই ষড়যন্ত্র করে আমাকে সরাতে চাইছে, যাতে ওর পথটা সুগম হয়।''

''কিন্তু লক্ষ্মী তো ওনাকে পছন্দ করে না। তাহলে শুধু আপনাকে সরিয়ে ওনার পথ কিভাবে সুগম হবে?তাছাড়া উনিই যদি ষড়যন্ত্র করবেন, তাহলে লক্ষ্মী আপনার নাম করে চিঠি লিখবে কেন?''

''সেটাই তো আমার মাথায় ঢুকছে না। কিন্তু অসিতকুমার যে এটাতে জড়িত সে ব্যাপারে আমি মোটামুটি নিশ্চিত।''

''কেন?''

''সেদিন রাতে সবাই যখন আমাকে ধরে বিবেকবাবুর বাড়ীতে নিয়ে গেল, তখন অসিতকুমারই সবথেকে বেশী চ্যাঁচাচ্ছিল। আমাকে তো কথা বলতে দিচ্ছিলই না, গ্রামের অন্য বয়স্ক লোকেদের কথাও শুনছিল না। ও আর ওর বন্ধু পরেশ পাল কেবলই চেঁচিয়ে লোকজনকে উত্তেজিত করে দিচ্ছিল যাতে সবাই আমাকে ধরে পেটায়। তখনই আমার মনে হয়েছিল, ওই অসিতকুমার আর পরেশ পালই আছে এর পেছনে। দুজনের কেউই সুবিধের লোক নয়। সেইজন্যই দুজনের গলায় গলায় ভাব।''

''ও। তার মানে আপনি সন্দেহ করছেন লক্ষ্মীর এই অন্তর্ধানের পেছনে ওনাদের হাত আছে?''

''নির্ঘাত। আমার তো মনে হয় ওরাই লক্ষ্মীকে ধরে নিয়ে গিয়ে কোথাও লুকিয়ে রেখেছে। আর দোষ চাপাচ্ছে আমার ঘাড়ে। কোথায় লুকিয়ে রেখেছে সেটাই বুঝতে পারছি না। বিবেকবাবু তো গ্রামের সবার বাড়ী খুঁজে দেখেছেন। ওদের দুজনের বাড়ীও বাদ যায়নি। কিন্তু কোথাও নেই। আমার মনে হয় লক্ষ্মীকে ওরা শহরে বা দূরের কোনো গ্রামে কারোর বাড়ী পাঠিয়ে দিয়েছে। ওকে খুঁজে বের করাটাই এখন আমার প্রধান কাজ। দুদিন ধরে নানাভাবে চেষ্টা করে যাচ্ছি অসিতকুমারের ঘরে আড়ি পাতার। যদি কিছু জানা যায়।''

বটেশ্বর আর জগাও ঘরেই ছিল। তারাও শুনছিল বিষ্ণুর কথা। বিষ্ণুর মুখে অসিতকুমার আর পরেশ পালের নিন্দে-মন্দ শুনতে শুনতে হঠাৎ নড়েচড়ে উঠল জগা। কয়েক সেকেন্ড কি যেন ভাবল, তারপর নবকে বলল, ''তুমি কথার ছলে বিষ্ণুকে আর একটু বসিয়ে রাখো। আমি একটা জিনিস দেখে আসি। মনে হয় লক্ষ্মী এই গ্রামেই আছে।''

বলেই সাঁই করে জানালা গলে উধাও।

10

দুপুর দুটো নাগাদ পরেশ পালের বাড়ীতে হানা দিল পুলিশ।

ওবাড়ীতে পুলিশ আগেও হানা দিয়েছে। কয়েক লক্ষ টাকা তছরুপের অভিযোগে এগারোজন পুলিশের একটা দল তন্ন তন্ন করে খুঁজেছিল ওই বাড়ী। কিন্তু হদিশ পায়নি একটা টাকারও। তাই ভরদুপুরে পুলিশ দেখে মোটেই ঘাবড়ে যায়নি পরেশ পাল। বরং অকারণে নির্দোষ লোকেদের হ্যারাস করার জন্য থানার বড়বাবুর মুখের ওপর খানিক কড়া কথাও শুনিয়ে দিয়েছিল। কিন্তু যখন বড়বাবু তাঁর লোকেদের কুয়োর ভেতরে নেমে খুঁজতে হুকুম করলেন, তখন প্রমাদ গুনল সে। আর মিনিট পনেরো খুঁজাখুঁজি করে যখন আলগা পাথরটার পেছনে সুড়ঙ্গটার খোঁজ পাওয়া গেল, ততক্ষণে সে একেবারে কেঁচো।

সুড়ঙ্গপথে মাটির তলার ঘর থেকে হাত-পা বাঁধা লক্ষ্মী আর বান্ডিল বান্ডিল টাকা উদ্ধার করে আনার পর পুলিশকে খুব বেশী খাটতে হয়নি। তলপেটে খান দুই রুলের গুঁতো পড়তেই পরেশ পাল হাউমাউ করে বলে দিয়েছে সব কথা।

লক্ষ্মীর ওপর অসিতকুমারের নজর অনেকদিন থেকেই। একে সুন্দরী মেয়ে, তার ওপর অমন পয়সাওয়ালা বাবা। ধান্দাবাজ অসিতকুমারের কাছে লক্ষ্মী ছিল একেবারে জ্যাকপট। নানাভাবে লক্ষ্মীকে বিয়ে করার ফন্দিফিকির খুঁজে বেড়াত সে। কারণে অকারণে লক্ষ্মীদের বাড়ীতে গিয়ে সবার সঙ্গে ভাব জমিয়েছিল। লক্ষ্মী আর তার দুই বোনকে নানারকম উপহার দিত। আর বিবেকবাবুকে দিয়েছিল টাকার টোপ। বিবেকবাবুর কোটি টাকা রোজগারের স্বপ্ন যে একমাত্র সিনেমার প্রোডিউসার হয়েই বাস্তবায়িত হওয়া সম্ভব, আর সেই স্বপ্নপূরণে যে সেই বিবেকবাবুকে সবচেয়ে বেশী সাহায্য করতে পারে - এটা বিবেকবাবুর মাথায় অনেকটাই ঢুকিয়ে দিয়েছিল। আর এরকম একজন নিঃস্বার্থ উপকারীর হাতে নিজের মেয়েকে তুলে দেওয়া দারুণ বিচক্ষণতা ও দূরদর্শিতার কাজ, সেটাও বিবেকবাবু উপলব্ধি করতে শুরু করেছিলেন খানিকটা।

কিন্তু আসল সমস্যা ছিল লক্ষ্মী। সে যে ফটোগ্রাফার বিষ্ণুর সঙ্গে লুকিয়ে প্রেম করে সেটা জানতে পেরেছিল অসিতকুমার। এই প্রেমের কথা লক্ষ্মীর বাড়ীতে ফাঁস করে দিলে বিষ্ণু-লক্ষ্মীর ছাড়াছাড়ি হয়ে যেত ঠিকই, কিন্তু তাতে তার কোনো লাভ হত না। উল্টে প্রেমে ভাঙচি দেওয়ার জন্য লক্ষ্মীর চোখে সেই খলনায়ক হয়ে উঠত। তাই সে অন্য চাল চালল, যাতে লক্ষ্মীর চোখে বিষ্ণুকে খলনায়ক বানানো যায়।

অসিতকুমার এককালে কলকাতাতেও কিছু অকাজ-কুকাজ করেছে। সেসব কুকাজে তার কিছু সঙ্গীও ছিল। তেমনই একজনকে সে কিছু টাকা খাইয়ে পাঠায় বিষ্ণুর কাছে। সেই লোকটি বিষ্ণুর সঙ্গে যোগাযোগ করে কলকাতার একটা প্রাইভেট কোম্পানীর মালিক হিসেবে, যারা বাংলার বিভিন্ন ঐতিহাসিক জায়গার ছবি আর লেখা ছাপিয়ে বই প্রকাশ করতে চায়। আকর্ষণীয় টাকার অফার পেয়ে বিষ্ণু সহজেই ছবি তুলতে রাজী হয়ে যায়। পরের দিনই তাকে একটা ভাঙাচোরা মন্দিরের ছবি তোলার কাজ দিয়ে সারাদিনের জন্য গ্রাম থেকে সরিয়ে দেওয়া হয়, যাতে লক্ষ্মীর সঙ্গে দেখা করে এই কাজের কথাটা জানানোর সুযোগ সে না পায়।

ঐ দিন ভোরবেলা বিষ্ণু বেরিয়ে যাবার পর অসিতকুমার বিষ্ণুর হাতের লেখা নকল করে লক্ষ্মীকে একটা চিঠি লেখে। চিঠির বক্তব্য ছিল - বিষ্ণু বাংলার বাইরে একটা খুব ভালো কাজ পেয়েছে, আজই তাকে চলে যেতে হবে। যেহেতু সে জানে যে তাদের সম্পর্ক বিবেকবাবু মেনে নেবেন না, তাই সে লক্ষ্মীকে নিয়ে পালিয়ে যেতে চায়। আজ বেলা দশটার সময় সে জিনিসপত্র নিয়ে গ্রামের পুবদিকের বাঁশবনের কাছে অপেক্ষা করবে। লক্ষ্মী যদি সত্যিই তাকে ভালোবাসে তাহলে যেন সব ছেড়েছুড়ে তার কাছে চলে আসে। তারা দুজন অনেক দূরে চলে যাবে, যেখানে শুধু বিবেকবাবু কেন, কেউ তাদের খুঁজে পাবে না। সেখানে তারা তাদের স্বপ্নের ঘর বাঁধবে এবং সুখে সংসার করবে।

লক্ষ্মীকে অসিতকুমার যতটুকু চিনেছিল তাতে সে রীতিমতো আশাবাদী ছিল যে ঐ রোম্যান্টিক চিঠি লক্ষ্মীর মাথা ঘুরিয়ে দেবে। আর হলও তাই। কোনো

এক অজানা স্বর্গীয় জায়গায় বিষ্ণুর সঙ্গে ঘর বাঁধবার নেশায় লক্ষ্মী অগ্রপশ্চাৎ না ভেবে এক বস্ত্রে বেরিয়ে গেল বাড়ী থেকে। যাবার আগে আবার সিনেমার স্টাইলে একটা চিঠি লিখেও রেখে গেল বাড়ীর লোকেদের উদ্দেশ্যে।

পরেশ পালের সঙ্গে আগে থেকেই সব পরিকল্পনা করা ছিল অসিতকুমারের। টাকার লোভ দেখিয়ে তাকেও দলে টেনেছিল অসিতকুমার। নির্জন বাঁশবনের সামনে থেকে লক্ষ্মীকে ক্লোরোফর্ম শুঁকিয়ে অজ্ঞান করে তুলে নিল পরেশ পাল। হাত-পা-মুখ বেঁধে লুকিয়ে রাখল নিজের মাটির তলার ঘরে। দিনে দুবার করে নিজের মুখ গামছা দিয়ে ঢেকে সে খাবার নিয়ে আসত। আর যাবার সময় গলা পালটে লক্ষ্মীকে শাসিয়ে যেত, ''আমি বিষ্ণুর বন্ধু। বিষ্ণু আমাকে বলেছে তোমাকে এখানে আটকে রাখতে। তোমার নাম করে তোমার বাবার কাছ থেকে অনেক টাকা আদায় করব আমরা। টাকার জন্যই তোমার সঙ্গে প্রেম করেছিল বিষ্ণু। এটাই আমাদের ব্যবসা। যতদিন না আমরা আমাদের মনোমতো টাকা পাচ্ছি, তুমি এখানে আটকা থাকবে।''

লক্ষ্মীর লিখে যাওয়া চিঠিটা দারুণভাবে খাপ খেয়ে গেল অসিতকুমারের পরিকল্পনার সঙ্গে। খুব সহজেই বিষ্ণুর ওপর বর্তে গেল গোটা দোষটা। অনেক রাতে ছবি-টবি তুলে বিষ্ণু যখন গ্রামে ফিরল, উত্তেজিত গ্রামবাসী তার কোনো কথাই শুনল না। ওদিকে বন্দী অবস্থায় লক্ষ্মীর মাথাতেও ঢুকতে লাগল যে বিষ্ণু একটা জালিয়াৎ এবং ভন্ড।

উদ্দেশ্যটা ছিল বিষ্ণুকে মারধর খাইয়ে গ্রামছাড়া করার। তারপর সুযোগ বুঝে লক্ষ্মীকে আবার অজ্ঞান করে গ্রামের কোথাও একটা ফেলে রাখলেই হবে। প্রেমে অত বড়ো দাগা পাওয়ার পর সে অন্য কারোর গলায় মালা দিতে আপত্তি করবে না। আর এইসব ঝামেলার মধ্যে দিয়ে অসিতকুমার তো মোটামুটি হিরো হয়েই থাকছে।

পরেশ পালের গুপ্ত ঘরের কথা জানত শুধু জগা। বিষ্ণুর মুখে পরেশ পালের নামটা শুনে সে সোজা কুয়োর মধ্যে দিয়ে গিয়ে হাজির হয় সেই ঘরে।

সেখানে হাত-পা বাঁধা অবস্থায় লক্ষ্মীকে দেখে গোটা ব্যাপারটাই জলের মতো পরিষ্কার হয়ে যায় তার কাছে। বাকিটা সুপরিকল্পিত সত্যোদ্ঘাটন। বিষ্ণুকে জঙ্গলের মধ্যে দিয়ে লুকিয়ে নিজের বাড়ীতে নিয়ে আসে নব। সেখানে বসে পুলিশের নামে একটা চিঠি লেখে বিষ্ণু। সেই চিঠিতে উল্লেখ করা হয় পরেশ পালের গুপ্ত ঘরের হদিশ এবং সেই ঘরে লক্ষ্মীর আটকা থাকার সম্ভাবনার কথা।

বিষ্ণু অবশ্য বেশ অবাক হয়েছিল নবর মুখে ওই ঘরের কথা শুনে, ‘‘বলেন কি? কুয়োর ভেতর দিয়ে সুড়ঙ্গ? এটা আপনি কিভাবে জানলেন?’’

জগার বুদ্ধিতে ব্যাপারটা নিজের ভূতত্রাস বাবার ঘাড়ে চাপায় নব, ‘‘আসলে আমি জানি বললে ভুল বলা হবে। এটা আমার বাবা বলেছিল। আমার বাবার একটা অলৌকিক ক্ষমতা ছিল, যেটার সাহায্যে বাবা ভূত-প্রেতের সঙ্গে কথা বলতে পারত। বাবাকে নাকি এক ভূত এসে ঐ ঘরের কথাটা বলেছিল।’’

‘‘অ্যাঁ? ভূতের সঙ্গে কথা? ভূত বলে সত্যি কিছু আছে নাকি?’’

‘‘কি জানি মশাই। বাবা কিসব যজ্ঞ-টজ্ঞ করে ভূতেদের বশ করে তাদের সঙ্গে কথা কইত। আমি কোনোদিন কোনো ভূতকে দেখতেও পাইনি, কারোর কথাও শুনতে পাইনি। তাই সত্যি-মিথ্যে বলতে পারব না।’’

‘‘যদি সত্যিও হয়, তাহলেও পরেশ পালের কথা কোন ভূত জানাবে আপনার বাবাকে? আর কেনই বা জানাবে?’’

‘‘তাও জানি না। তবে বাবার একবার কি যেন একটা কারণে অনেকগুলো টাকার দরকার হয়েছিল। বাবা আপনাদের ওই পরেশ পালের কাছে টাকা ধার করতে গেছিল। কিছু বন্ধক না রেখে পরেশ পাল বোধহয় টাকা দিতে চায়নি। বাড়ী ফিরে সেই নিয়ে সারাদিন গজগজ করছিল। এর দুদিন পরে একদিন বিকেলে দেখি আবার গজগজ করছে - ‘শয়তান পরেশ পাল, ওকে

আমি ছাড়ব না! মাটির তলায় ঘর বানিয়ে কাঁড়ি কাঁড়ি টাকা লুকিয়ে রেখে সবার সামনে সাধুপুরুষ সাজা? এবার মজা দেখাচ্ছি। কুয়োর ভেতরের সুড়ঙ্গের কথা পুলিশকে জানিয়ে দেব। সব জানি আমি। ভূত কোনোদিন মিথ্যে কথা বলে না।' সেই শুনে বুঝলাম যে কোনো ভূত বাবাকে ওই সুড়ঙ্গের খবরটা দিয়েছে।''

''তার মানে আপনি বিশ্বাস করেন যে আপনার বাবা সত্যিই ভূতের সঙ্গে কথা বলতেন?''

''আমি বিশ্বাস-অবিশ্বাস কিছুই করি না। আমি অতি সাধারণ মানুষ। গ্রামের স্কুলে সামান্য চাকরি করে কোনওমতে পেট চালাই। ভূত-প্রেতের মতো গোলমেলে ব্যাপারে আমার মাথা ঘামানোর কোনো যোগ্যতাই নেই। আপনার মুখে পরেশ পালের নামটা শুনে বাবার কথাটা মনে পড়ল, তাই বললাম। আপনাকে নির্দোষ প্রমাণ করার অন্য কোনো রাস্তা তো আপাতত দেখা যাচ্ছে না। অন্ধকারে একটা ঢিল ছুঁড়েই দেখুন না, যদি কোনওভাবে লেগে যায়।''

অন্য কোনো রাস্তা সত্যিই ছিল না। তাছাড়া পরেশ পালের বাড়ীতে পুলিশ লাগিয়ে ভালো করে খোঁজাখুঁজি করা দরকার, এটা বিষ্ণুরও মনে হচ্ছিল। তাই নবর কথামতো সে লিখেই ফেলল চিঠিটা। আর সেটা নিয়ে নব সোজা গিয়ে হাজির হল সরষেপুর থানায়।

চিঠিটা পড়তে পড়তে বড়বাবু মোহনকান্তি সমাদ্দারের চোখদুটো চকচক করে উঠল। গ্রামের একরত্তি থানায় গরু-ছাগল চুরি মার্কা কেসই আসে সাধারণত। সেখানে এইরকম একটা বেআইনী গুপ্তধনের খবর শান্ত পুকুরের জলে থান ইঁট পড়ার মতোই।

গোটা চিঠিটা পড়ে মোহনবাবু খুনে চোখে নবর দিকে তাকিয়ে বাঘাটে গলায় শুধোলেন, ''কোথায় পেলে চিঠিটা?''

"আজ্ঞে স্যার, একটু আগে বাড়ী ফিরছিলাম, হঠাৎ ঐ বাঁশবনের ভেতর থেকে একটা অচেনা ছেলে বেরিয়ে এসে আমার হাতে চিঠিটা দিয়েই ছুটে পালাল। শুধু বলে গেল, এটা যেন পুলিশের কাছে পৌঁছে দেওয়া হয়।"

"সত্যি বলছ? নাকি তুমিই লিখে এনেছ? পুলিশকে জাল চিঠি দেওয়ার শাস্তি জানো তো? সোজা গারদ।"

"আমি লিখব কেন স্যার? আমার হাতের লেখা মিলিয়ে দেখুন। আর বললাম তো ছেলেটা আচমকা এসে চিঠিটা আমার হাতে গুঁজে দিয়েই পালিয়ে গেল। জাল কিনা সেটা কিকরে বলি বলুন তো?"

"হুম। ব্যাপার হল এই চিঠিটায় বেশ গুরুতর কথা লেখা আছে। পলাশপুরের পরেশ পালের ব্যাপারে। লোকটার নাম আমি জানি। পুরো দুনম্বরী লোক, অনেকের অনেক টাকা মেরেছে। প্রমাণের অভাবে পুলিশ ধরতে পারেনি। এখানে তো দেখছি ওর লুকোনো ঘরের রাস্তা বলে দেওয়া আছে।"

"তাহলে কি করবেন স্যার? জাল চিঠি বলে ফেলে দেবেন?"

"ফেলে দেব মানে? পাগল নাকি? জাল হোক আর যাই হোক, খবর তো একটা। এটার ভিত্তিতেই আবার সার্চ করব ওব্যাটার বাড়ী। আর যদি কিছু পেয়ে যাই, তাহলে আর আমার প্রোমোশান ঠেকাচ্ছে কে! এই গন্ডগ্রামে পড়ে থেকে থেকে হাত-পা হেজে গেল। এবার শহরে একটা পোষ্টিং নিতেই হবে। ওরে হারু, শিগগির গাড়ী বার কর। এখুনি পলাশপুর যাব। কোথা থেকে খবর লিক করে কে কোন ফাঁকে দাঁও মেরে দেবে তার ঠিক নেই। শুভস্য শীঘ্রম্।"

পলাশপুর যে থানার আওতায় পড়ে, সেখানকার বড়বাবু শক্তিসাধন মিত্র মোহনবাবুর পুরোনো বন্ধু। শক্তিবাবুও দীর্ঘদিন যাবৎ পরেশ পালের ওপর চটা। দু-দুবার তিনি পরেশ পালের বাড়ীতে খোঁজাখুঁজি চালিয়েছেন। খালি

হাতে ফিরতে হয়েছে দুবারই। উল্টে হজম করতে হয়েছে পরেশ পালের ব্যাঁকা ব্যাঁকা কথা। তাই মোহনবাবুর চিঠিটা দেখে তিনিও লাফিয়ে উঠলেন।

লুকোনো টাকাপয়সা সমেত লক্ষ্মীকে উদ্ধার আর পরেশ পালের স্বীকারোক্তি আদায়ের পর মোহনবাবু-শক্তিবাবু বীরবিক্রমে হানা দিলেন অসিতকুমারের বাড়ীতে। দুপুরের খাওয়াদাওয়া সেরে তখন সুখে ভাতঘুম দিচ্ছিল অসিতকুমার। ঘাড় ধরে টানতে টানতে যখন তাকে বাড়ীর বাইরে নিয়ে এলেন শক্তিবাবু, তখন তার মেকআপ-পরচুলহীন রূপ দেখে গ্রামবাসীরা হাঁ!

অসিতকুমারের স্বীকারোক্তি আদায় করতেও বেশী বেগ পেতে হলনা পুলিশকে। ভুয়ো চাকরির টোপ দিয়ে বিষ্ণুকে সারাদিনের নামে গ্রামের বাইরে পাঠিয়ে দেওয়া থেকে শুরু করে লক্ষ্মীকে অপহরণের পুরো চক্রান্তটাই নিজের মুখে স্বীকার করতে বাধ্য হল সে। অন্যের হাতের লেখা নকল করতেও সে রীতিমতো ওস্তাদ। বিষ্ণুর হস্তাক্ষর হুবহু নকল করে চিঠি লিখে সে পাঠিয়েছিল লক্ষ্মীকে। সেই সুবাদেই বাড়তি কয়েক ঘা দিয়ে আরও তথ্য বার করলেন শক্তিবাবু। হার্ট-এর রুগী মামা সত্য মাইতিকে দিনরাত মানসিক চাপ দিয়ে একরকম তাকে হার্টফেল করে মরতে বাধ্য করেছিল আসিতকুমারই। আর মামার সমস্ত সম্পত্তি নিজের নামে করেছিল নিজের হাতে জাল দলিল বানিয়ে। এতটাই নিপুণ সেই হাতের কাজ যে কেউ ধরতে পারেনি।

অনেকগুলো গুরুতর অভিযোগে গ্রেপ্তার হল অসিতকুমার আর তার কুকর্মের সঙ্গী পরেশ পাল। মোহনবাবু আর শক্তিবাবু দুজনেই নিশ্চিত প্রোমোশনের স্বপ্নে বিভোর হয়ে অভিযুক্তদের কোমরে দড়ি বেঁধে টানতে টানতে নিয়ে গেলেন।

গোটা ঘটনাটা জানতে পেরে বিবেকবাবু মনে মনে দারুণ অনুতপ্ত হয়ে পড়লেন। অসিতকুমারের মিষ্টি ব্যবহার আর সিনেমায় টাকা ঢালবার মনোলোভা গপ্পাবাজিতে ভুলে তাকে খানিকটা বড় জামাই হিসেবে ভাবতেও শুরু করেছিলেন তিনি। নিজের মানুষ চেনার ক্ষমতাকে ধিক্কার দিয়ে তিনি

ঘোষণা করলেন যে বিষ্ণুর সঙ্গেই লক্ষ্মীর বিয়ে দেবেন। শুধু তাই নয়। অসিতকুমারের প্ররোচনায় খেপে উঠে গ্রামবাসীরা বিষ্ণুর যেসব জিনিসপত্র ভেঙেচুরে দিয়েছে, নিজের খরচায় তিনি তার ক্ষতিপূরণ করবেন। ফটোগ্রাফার হিসেবে প্রতিষ্ঠিত হতে বিষ্ণুর যা যা দরকার, সবই তিনি দিতে রাজী।

অর্থাৎ বিষ্ণুর হাতে রাজকন্যা প্লাস রাজত্বের বাম্পার অফার।

কিন্তু বেঁকে বসল বিষ্ণু! সে এতটাই অপমানিত হয়েছে যে ওই গ্রামে ফেরার ইচ্ছে আর তার নেই। নিজের যেটুকু সম্বল অবশিষ্ট আছে তাই নিয়ে সে চলে যেতে চায় অন্য কোথাও।

অসিতকুমার আর পরেশ পাল জেলে যাবার পরের দিন সন্ধ্যেবেলায় বিষ্ণুকে বোঝানোর চেষ্টা করছিল নব। সঙ্গে বটেশ্বর আর জগা।

''আপনি পুরোটা লড়ে জিতলেন। যারা সত্যিকারের দোষী তাদের জেলে পুরলেন। এখন তো আপনার সাফল্য উপভোগ করার কথা। আর আপনি বলছেন গ্রামেই যাবেন না?''

''কোনো সাফল্য চাই না আমি। গ্রামের লোকেরা আমার কোনো কথা না শুনে আমার সঙ্গে যে ব্যবহার করেছে, তারপর ওদের সঙ্গে কোনো সম্পর্ক আমি রাখতে চাই না।''

''আরে ওরা তো ভুল বুঝেছিল। আর ওদের ভুল বুঝিয়েছিল ওই অসিতকুমার। কিন্তু এখন তো সেই ভুল ভেঙে গেছে। ওরা সবাই অনুতপ্ত, হয়তো আপনার কাছে ক্ষমাও চাইবে।''

''কিচ্ছু চাইবার দরকার নেই। ওরা নিজেদের অনুতাপ নিয়ে থাকুক। আমার একটাই কাজ ছিল, লক্ষ্মীকে খুঁজে বার করা। সেটা হয়ে গেছে, ব্যস। আর আমি কিছু চাই না।''

''সেটাই তো বলছি। লক্ষ্মী তো এখন আপনারই পথ চেয়ে বসে আছে। আর আপনি যাবেন না? এমনকি ওর বাবা তো আপনার সব জিনিসপত্র আবার কিনে দেবেন বলেছেন।''

''সেইজন্যই তো যাব না। উনি কোনো মানুষকে মানুষ বলে গণ্য করেন না। ওনার ধারণা সব কিছু টাকা দিয়ে কিনে নেওয়া যায়। আমি টাকার জন্য ওনার মেয়েকে ভালোবাসিনি।''

''সে তো ভালো কথা। টাকা নাহয় নেবেন না। কিন্তু ফিরে গিয়ে লক্ষ্মীকে বিয়ে তো করুন।''

''সেটা সম্ভব নয়। আমি এখন একেবারেই কপর্দকশূণ্য। এই অবস্থায় লক্ষ্মীকে বিয়ে করে খাওয়াব কি?''

''নিজেরও টাকা নেই, আবার শ্বশুরের টাকাও নেবেন না। তাহলে আপনিই বা খাবেন কি?''

''আমার কোনোরকমে চলে যাবে। কষ্টে থাকার অভ্যেস আমার আছে। আমি একবেলা খেয়েও থাকতে পারি। কিন্তু লক্ষ্মী তো সেসব পারবে না। তাই এই বিয়েরই দরকার নেই। ওর জন্য অন্য কোনো ভালো পাত্র জুটে যাবে।''

''কিন্তু তাতে ও কি সুখী হবে? ও তো আপনাকেই চায়। আপনি বরং এক কাজ করুন। আপনার শ্বশুরের কাছ থেকে টাকাটা ধার হিসেবে নিন, পরে শোধ করে দেবেন।''

''না, না।'' সবেগে দুদিকে মাথা নাড়ল বিষ্ণু, ''উনি চিরকাল আমাকে হ্যাটা করেছেন। আর এখন টাকা দিয়ে করুণা করতে চাইছেন। ওই করুণা

আমার না পেলেও চলবে। ওনার কাছ থেকে একটা পয়সাও আমি নেব না।''

''না, আপনাকে নিতে তো বলছি না। আপাতত অবস্থা সামাল দেবার জন্য ধার হিসেবে নিন। পরে কড়ায়-গন্ডায় শোধ করে দেবেন। দরকার হলে সুদ সমেত।''

''কোনো দরকার নেই। আমার অবস্থা আমি নিজেই সামাল দিতে পারব। কটা টাকার জন্য কারোর কাছে মাথা নত করা আমার রক্তে নেই।''

''কিন্তু এইরকম মাথা গরম করে সিদ্ধান্ত নিলে তো কোনো দিক থেকেই কোনো লাভ হবে না।''

''না হলে না হবে। সব সময় লাভের চিন্তা করে চলা যায় না। কালু সর্দারের বংশধর আমি। আমার কাছে আত্মসম্মান সবার আগে। সেটার জন্য নিজের ভালোবাসাকেও ছেড়ে দিতে পারি।''

যুক্তি-তর্ক ভুলে গিয়ে নব কিছুক্ষণ হাঁ করে তাকিয়ে রইল বিষ্ণুর দিকে। তারপর বলল, ''কি বললেন? কার বংশধর আপনি?''

''কালু সর্দার।''

''মানে ব্রিটিশ আমলের সেই ডাকাত কালু সর্দার?''

''সবাই তাই জানে যে কালু সর্দার ডাকাত ছিলেন। কিন্তু এটা কেউ জানে না যে উনি শুধু বড়লোকদের বাড়ীতে ডাকাতি করতেন। আর সেই ডাকাতির টাকার বেশীরভাগটাই বিলিয়ে দিতেন গরীব-দুঃখীদের মধ্যে। সেই সময় এই অঞ্চলের সব কটা গ্রামের সাধারণ মানুষ ওনাকে ভগবান বলে মানত। ওনার রক্ত বইছে আমার শরীরে। সেই আমি টাকার লোভে বিয়ে করব?''

নব তখনও হাঁ করে তাকিয়েছিল। বিষ্ণু বলল, ‘‘খুব অবাক হলেন তো আমার বংশপরিচয় শুনে? সবাই এইরকমই হয়। তাই আমি পারতপক্ষে কাউকে জানাই না। লক্ষ্মী ছাড়া গ্রামের আর কেউ এটা জানে না।’’

‘‘ও।’’ ঢোক গিলে নব বলল, ‘‘কিন্তু আমি তো শুনেছি কালু ডাকাতের নাতিকে পুলিশ শহরের একটা অনাথ আশ্রমে নিয়ে গেছিল। তারপর তার আর কোনো খোঁজ পাওয়া যায়নি।’’

‘‘আপনি ঠিকই শুনেছেন। কালু সর্দারের নাতি শ্রী কৃষ্ণচরণ সর্দার আমার ঠাকুর্দা। তিনি বারো বছর বয়সে অনাথ আশ্রম থেকে পালিয়ে গেছিলেন। কারণ আশ্রমের সবাই ওনাকে ‘ডাকাতের নাতি’ বলে খ্যাপাত আর নানাভাবে অত্যাচার করত। ওখান থেকে পালিয়ে তিনি প্রথমে বিহারে চলে যান। তারপর নানা জায়গায় ঘুরেছেন, বিভিন্নরকম কাজ করেছেন। কিন্তু জীবনে কোনোদিন বেআইনী কিছু করেননি। আর আমার বাবা কিভাবে মারা গেছে জানেন? রাতের বেলা মাঠের পাশ দিয়ে বাড়ী ফিরছিল, হঠাৎ দেখতে পায় দুটো মাতাল লোক একটা মেয়েকে জোর করে জঙ্গলের মধ্যে টেনে নিয়ে যাচ্ছে। আশে-পাশে আর কেউ ছিল না। বাবা একা ছুটে যায় মেয়েটাকে বাঁচাতে। একটা ছেলের হাতে ছুরি ছিল, ধস্তাধস্তির সময় সেটা ঢুকে যায় বাবার পেটে। সম্পূর্ণ অচেনা একটা মেয়ের সম্মান বাঁচাতে সেদিন নিজের প্রাণ দেয় বাবা।’’

‘‘বীরপুরুষের রক্তই ছিল ওনার শরীরে, সন্দেহ নেই। কিন্তু আপনি এখানে এলেন কি করে?’’

‘‘চার বছর আগে আমার মাও মরে যায়। তারপর থেকেই আমার খুব একা লাগত। বাবার মুখে এই জায়গাটার কথা শুনেছিলাম। কালু সর্দারের ডেরা এখানেই ছিল। একদিন মনে হল যাই, নিজের পূর্বপুরুষের এলাকায় গিয়ে থাকি। চলে এলাম। বিবেকবাবুর বাড়ীতে আশ্রয়ও পেয়ে গেলাম। কিছুকাল

থেকে হয়তো শহরে চলে যেতাম, কিন্তু তার আগেই লক্ষ্মীর প্রেমে পড়ে গেলাম। আর কোথাও যাওয়া হল না।''

''আর এখন সেই প্রেম ছেড়ে চলে যেতে চাইছেন, যখন সবকিছু আপনার পক্ষে।''

''সম্মানটা না থাকলে বাকী সবকিছু থেকেও কিছু হয় না নবতারণবাবু। এখন আমি লক্ষ্মীকে বিয়ে করলে বিবেকবাবু আমাকে টাকা দেবেনই। আমি না নিতে চাইলে বিয়ের যৌতুক হিসেবে মেয়েকে দেবেন। আর সেটাই আমি মানতে পারব না। আবার কোনো টাকা না নিয়ে লক্ষ্মীকে অভাবের জ্বালার মধ্যে টেনে আনাটাও উচিত হবে না। কাজেই আমার আর গ্রামে না ফেরাই ভালো। যদি কোনোদিন ভালো রোজগার করে অবস্থা ফেরাতে পারি, আর সেদিন পর্যন্ত যদি লক্ষ্মী আমার অপেক্ষায় বসে থাকে, তাহলে ফিরে আসব ওর কাছে।''

''খুবই রোম্যান্টিক পরিকল্পনা।'' মাথা নেড়ে বলল নব, ''আর আপনার যুক্তিও অকাট্য। এই ব্যাপারে আমার আর কিছুই বলার নেই। আমি শুধু আপনাকে একটাই প্রশ্ন করতে চাই। এখন কি আপনি ভূতে বিশ্বাস করেন?''

''মানে?''

''আমার বাবা যেদিন আমাকে ওই ভূতের মুখে শোনা পরেশ পালের লুকোনো ঘরের কথা বলেছিল, আমি পাত্তা দিইনি। আপনার মুখে পরেশ পালের নাম শুনে যখন সেই কথাটা মনে পড়ল, তখন আপনার মত আমিও ভেবেছিলাম ওটা অন্ধকারে ঢিল ছোঁড়াই হচ্ছে। কিন্তু বাবার কথাটা এভাবে পুরোপুরি মিলে যাবার পর এখন আমার মনে হচ্ছে বাবা হয়তো সত্যিই ভূতেদের সঙ্গে যোগাযোগ করতে পারত। আপনারও কি সেরকম মনে হয়?''

''আমি যুক্তি মানি। কিন্তু যুক্তির বাইরেও তো অনেক সময় অনেক কিছু ঘটে। যেমন আপনার বাবার কথা এভাবে মিলে যাওয়াটা। ভূতে আমি এখনো ঠিক বিশ্বাস করি না। কিন্তু ভূত বলে কিছু নেই - সেটাও এখন ঠিক জোর দিয়ে বলতে পারব না। হয়ত কিছু আছে, যার ওপর ভরসা করে মাঝে মাঝে অন্ধকারে ঢিল ছোঁড়া যায়।''

''তাহলে আরেকবার অন্ধকারে ঢিল ছুঁড়ে দেখবেন নাকি?''

''আবার কোথায় ঢিল ছুঁড়ব?সব তো মিটেই গেছে। আপনার বাবা কি পরেশ পালের ব্যাপারে আরও কিছু বলে গেছেন নাকি?''

''না, পরেশ পালের ব্যাপারে নয়। তবে খানিকটা আপনার ব্যাপারে।''

''আমার ব্যাপারে?''

''হুম।বাবা সবসময়ই নানা ভূতের সঙ্গে কথাবার্তা বলত। সে নাম না জানা ভূত থেকে বিখ্যাত মানুষজনের ভূত, কিছুই বাদ যেত না। রাজা রামমোহন থেকে কবিগুরু রবীন্দ্রনাথ - সবার ভূতের সঙ্গেই কথা হয়েছে বলে বাবা দাবি করত। আপনার বংশপরিচয় জানার পর আমার মনে পড়ল, বাবা আপনার পূর্বপুরুষ কালু ডাকাতের ভূতের কথাও বলেছিল।''

''তাই নাকি? কি বলেছিলেন?''

''কালু ডাকাতের ভূত নাকি বাবাকে এসে বলে গেছিল তার ডাকাতি করা কিছু ধনসম্পত্তি এখনো কোন একটা কালীমন্দিরে যেন লুকোনো আছে। সেটা নিয়ে বাবা কিছুদিন বেশ উত্তেজিত ছিল। দিনরাত বলত - কালু ডাকাতের বংশধরকে খুঁজে বার করতে হবে। একবার শহরেও গেছিল খোঁজখবর নিতে। বাবার মুখেই শুনেছিলাম অনাথ আশ্রম থেকে কালু ডাকাতের নাতির, মানে আপনার ঠাকুর্দার উধাও হয়ে যাবার কথা।''

''ওরেব্বাবা! কালু সর্দারের লুকিয়ে রাখা গুপ্তধন? এখনো সেসব উদ্ধার হয়নি?''

''বাবা তো তেমনটাই বলেছিল। এই অঞ্চলেই জঙ্গলের মধ্যে কোন একটা জাগ্রত কালীমন্দিরে নাকি সেই গুপ্তধন রয়েছে।''

''জাগ্রত কালীমন্দির? আমাদের গ্রামের পুব দিকের জঙ্গলে তো একটা ভাঙাচোরা কালীমন্দির আছে। শুনেছি সেখানে মাঝেমধ্যে কালু সর্দার আস্তানা গাড়তেন। আমি একবার মন্দিরটায় ছবি তুলতেও গেছিলাম।''

''সেটাই হবে তাহলে। একবার ওখানে গিয়ে খুঁজে দেখবেন নাকি?যদি কিছু পাওয়া যায়?''

''এই ঢিলটাও লেগে যাবে বলছেন?''

''যেতেই পারে। আর সত্যিই যদি কালু ডাকাত কিছু লুকিয়ে রেখে থাকে, সেটা তো উত্তরাধিকার সূত্রে আপনারই হচ্ছে।''

11

কালীমন্দিরের ভেতর থেকে যা পাওয়া গেল সেগুলো নিয়ে নিলে বিষ্ণুর আর কোনো চিন্তা থাকত না। কিন্তু আইন বলছে কোথাও মাটি খুঁড়ে কিছু পাওয়া গেলে সেটা সরকারের সম্পত্তি। আর বিষ্ণু কোনোভাবেই বেআইনী কিছু করবে না। তাই সে সবকিছু নিয়ে গিয়ে জমা দিল থানায়। এই সততার জন্য সরকার থেকে পুরস্কৃতও করা হল তাকে। সেই পুরস্কারের টাকায় আরেকটা ক্যামেরা কিনে সে শহরে চলে গেল নতুন জীবন শুরু করতে। একা নয় অবশ্য। শাঁখা-সিঁদুর পরে লক্ষ্মীও গেল তার সঙ্গে। তার প্রখর আত্মসম্মানকে যথাযোগ্য সম্মান দিয়েছিলেন বিবেকবাবু। জোর করে টাকা গছানোর চেষ্টা করেননি। অবশ্য মেয়ের বিয়ে দিয়েছেন খুব ধুমধাম করে।

তবে শুধু বিষ্ণু নয়, একই সঙ্গে হ্যাপি এন্ডিং হল তার বিখ্যাত পূর্বপুরুষেরও। বিষ্ণু যখন মন্দিরের ভেতর থেকে গুপ্তধন উদ্ধার করছিল, ছল ছল চোখে তাকে দেখছিল কালু সর্দারের ভূত। সবকিছু বের করে নেওয়ার পর সে একটা স্বস্তির নিঃশ্বাস ছেড়ে বটেশ্বর আর জগাকে বলল, ‘‘আঃ! বড্ড হালকা লাগছে। জন্মজন্মান্তরের বোঝা থেকে আজ মুক্তি। তোদের জন্যই হল এটা। তোরা খুব ভালো। আশির্বাদ করি, কোনোভাবে তোদেরও তাড়াতাড়িই মুক্তি হয়ে যাক।’’

সেটা নিয়েই কথা হচ্ছিল নবর ঘরে বসে। বটেশ্বর বললেন, ‘‘খুব ভালো লাগছে। ভূতের কাছে মুক্তি যে কি জিনিস সেটা আমরা জানি। আর এতদিন অপেক্ষা করার পর শেষমেষ উনি যে মুক্তি পেলেন, সেটা একটা দারুণ ব্যাপার। তোমার জন্যই এটা সম্ভব হল নব।’’

নব হেসে বলল, ‘‘প্রতিবাদ করছি জেঠু। বিষ্ণুর খোঁজ কিন্তু এনেছিল জগা। বিষ্ণুকে সাহায্য করার পরিকল্পনাটাও ওরই ছিল। আমি শহরে যে চেষ্টা করেছিলাম সেটা তো কাজ করেনি। এই কৃতিত্বটা জগাকেই দেওয়া উচিত।’’

এই প্রথমবার ছেলের নামে খ্যাঁক্ খ্যাঁক্ করে উঠলেন না বটেশ্বর। বরং খুশীই হলেন। মাথা নেড়ে বললেন, ''হ্যাঁ, তা বটে। আমাদের ঠিক পথে নিয়ে গেছে এই হতভাগাই। তবে তুমি হলে সবকিছুর মাধ্যম। তোমাকে ছাড়া এসব কিছুই হত না।''

''কিন্তু আপনাদের জন্য আমি কি করতে পারলাম বলুন?''

''আমাদের কথা বাদ দাও। আমরা এভাবেই থেকে যাবো। আমার চিন্তা তোমাকে নিয়ে। তোমার ভাবগতিক মোটেই সুবিধের নয়। বিয়ে-টিয়ে তো করবে বলে মনে হচ্ছে না। তাহলে বরং ভালো ভালো কাজ করে নিজের পুণ্যের কোটা বাড়িয়ে রাখো, যাতে মরার পরে আমাদের মত হাল না হয়।''

''হলে আর কি হবে?'' হাসতে হাসতে নব বলল, ''তখনও আপনাদের সঙ্গেই থাকব।''

জগা অনেক্ষণ চুপচাপ কি যেন ভাবছিল। হঠাৎ বলল, ''আমাদের মত হাল হতে যাবে কোন দুঃখে? তুমি আমাদেরকেও মুক্তি দেবে, নিজেও মুক্তি পাবে।''

''কিভাবে?'' একসঙ্গে প্রশ্ন করলেন বটেশ্বর আর নব।

''ভালো কাজ করলে পুণ্য হয়। আর যথেষ্ট পরিমানে পুণ্য হলে আত্মা মুক্তি পায়। মানুষ যদি পুণ্য করে মুক্তি পেতে পারে, তাহলে ভূত কেন পাবে না? এই যে আমরা সবাই মিলে কালু সর্দারকে মুক্তি দিলাম, এটা তো একটা ভালো কাজ হল। এতে নবর সঙ্গে সঙ্গে আমাদেরও পুণ্য হল। সংসারে এরকম অতৃপ্ত ভূত অনেক আছে। তাদেরকেও যদি আমরা মুক্তি দিতে পারি তাহলে তো আমাদের আরও পুণ্য হবে। এভাবে নিজেদের পুণ্যের কোটা ভরে আমরাও একদিন মুক্তি পেতে পারব। তাই না?''

বটেশ্বর আর নব পরস্পরের মুখ চাওয়াচাওয়ি করলেন।

জগা বলল, ''আমরা দুজন সেই সব ভূতেদের খুঁজে বার করব যারা কোনো না কোনো পার্থিব সমস্যায় মুক্তি পাচ্ছে না। আর নব সেই সমস্যার সমাধান করবে। এভাবে আমাদের তিনজনের পুণ্যই বাড়বে। ভূতের বাপের শ্রাদ্ধ যখন হল না, তখন এভাবে চেষ্টা করেই দেখা যাক। কি বলো তোমরা?''

পরিকল্পনাটা বটেশ্বরের খুব একটা খারাপ লাগেনি। তবু তিনি একটু অনিচ্ছার সুরে বললেন, ''কিন্তু নবর একটা জীবন আছে। চাকরি-বাকরি আছে। ও কি সবকিছু ছেড়ে দিনরাত ভূতের পেছনে ছুটে বেড়াবে নাকি?''

''আরে দুর! রাখো তোমার চাকরি-বাকরি। ও ভূত্রাস ভবতারণের ছেলে, তার ওপর অমাবস্যার রাতে খালি চোখে ভূত দেখতে পায়। ওর জন্মই হয়েছে ভূত নিয়ে কারবার করার জন্য। অবশ্য ও রাজী আছে কিনা সেটা সবচেয়ে বড়ো কথা।'' নবর দিকে একবার আড়চোখে তাকিয়ে জগা বলল, ''ও তো আবার ভূতে ভয় পায়!''

এক গাল হেসে নব বলল, ''পেতাম।''

www.ingramcontent.com/pod-product-compliance
Lightning Source LLC
LaVergne TN
LVHW060121051026
849517LV00007B/2357
* 9 7 9 8 8 8 6 2 9 4 3 3 0 *